AF296234

DOM LOPE DE CARDONE.

TRAGI·COMEDIE

Et dernier Ouurage

DE Mr DE ROTROV·

A PARIS,

Chez Antoine de Sommaville, au Palais, dans la Salle aux
Merciers, à l'Escu de France.

M. DC. LII.
AVEC PRIVILEGE DV ROY.

Extraict du Priuilege du Roy.

PAR grace & priuilege du Roy donné à Paris le 26. iour d'Aouſt 1650. Signé , Par le Roy en ſon Conſeil, Le Brun. Il eſt permis à Antoine de Sommauille Marchand Libraire à Paris, d'imprimer ou faire imprimer, vendre & diſtribuer vne piece de Theatre intitulée *Dom Lope de Cardone, Tragi-comedie de M. de Rotrou,* pendant le temps & eſpace de ſept ans entiers & accomplis. Et defenſes ſont faites à tous Imprimeurs , Libraires & autres, de contrefaire ledit Liure, ny le vendre ou expoſer en vente d'autre impreſſion que de celle qu'il a fait faire, à peine de trois mil liures d'amende, & de tous deſpens , dommages & intereſts, ainſi qu'il eſt plus amplement porté par leſdites Lettres, qui ſont en vertu du preſent extrait tenuës pour bien & deuëment ſignifiees, à ce qu'aucun n'en pretende cauſe d'ignorance.

Acheué d'imprimer pour la premiere fois le 15. *Iuillet* 1652.

Les Exemplaires ont eſté fournis.

ACTEVRS.

D. PHILIPPE,	Roy d'Arragon.
D. PEDRE,	Son fils.
D. LOPE de Cardone,	General d'Armée.
D. SANCHE de Moncade,	General d'Armée.
D. FERNAND de Moncade,	Son Pere.
THEODORE,	Infante d'Arragon.
CYNTHIE,	Sa Dame d'honneur.
ELISE de Cardone,	Sœur de D. Lope.
LVCIE,	Sa Suiuante.
OCTAVE,	Gentilhomme de D. Pedre.
GARDES.	

La Scene est à Sarragoffe.

DOM

DOM LOPE
DE CARDONE.

ACTE I.
SCENE PREMIERE.

ELISE, LVCIE.

ELISE.

NCOR vn coup, Lucie, aprés cette de-
fenſe
Ne m'en parle iamais, n'en prend plus
la licence,
Ne t'intereſſe point au choix de mes Amans,
Laiſſe à ma paſſion ſes libres mouuemans,

A

Dans ce cœur outragé ne promets point de place,
N'en cōbas point la haine, & n'ē vēds point la grace;
Celuy que tu luy peins auecque tant d'attraits,
Y placera plutoſt vn poignard que ſes traits;
Et tant que de mes iours ſubſiſtera la trame,
La mort de Dom Louys ſeignera dans mon ame.

LVCIE.

Vous voyés mal mon cœur, lors que vous m'imputéz
De vendre à vos Amans l'eſpoir de vos bontez;
Et pour la laſcheté d'vne action ſi vile,
Il faut l'auoir trop bas, & l'ame trop ſeruile:
Ie n'ay pû voir les maux que le Prince a ſouffers,
Sans blaſmer vos rigueurs, & ſans plaindre ſes fers;
Il n'oſe que par moy vous ouurir ſa penſee,
Et ce ſont les motifs qui m'ont intereſſee.
Voſtre inhumanité ne les peut approuuer;
Vous m'impoſez ſilence, il le faut obſeruer:
Mais i'approuue bien moins cette rigueur extréme,
Dont l'obſtination vous couſte vn Diadéme.

ELISE.

Offrant tout l'Vniuers à mon ambition,
Il n'ébranleroit pas cette obſtination.
Ie veux, ferme ennemie & genereuſe Amante,
Faire voir à mon Siecle vne fille conſtante:

Et par vne vertu qu'on ne puiſſe émouuoir,
Honorer noſtre ſexe, & marquer ſon pouuoir.
Ton adreſſe, Lucie, eſt vn art inutile,
Et fait vn vain effort contre vn cœur immobile.
Quand ſon bras n'auroit pas dedans le monumant
Enfermé mon amour auecques mon Amant;
Et quand aux mouuemens d'vne nouuelle flame,
Mon deüil auroit laiſſé l'accez libre en mon ame,
Il ſçait mal m'obliger à luy vouloir du bien,
Et par ſon amour meſme eſt indigne du mien.
Ie porte vne ame haute, ou ſi tu veux, altiere,
Qui repugne à rien voir de bas ny de vulgaire;
Ces vils abbaiſſemens, ces laſches deſeſpoirs,
Et ces effeminez & ſeruiles deuoirs,
Sentent leur ame baſſe, & leur eſprit malade,
Et n'ont rien qui me touche & qui me perſuade:
Le Sceptre qu'il attend, ſon ſang, ſes dignitez,
Ne peuuent m'éblouyr parmy ces laſchetez.
Vn genereux depit, vn couroux magnanime,
Une noble fureur s'obtiendroient mon eſtime;
Et qui me peut ſouffrir apres tant de rigueur,
Ne peut beaucoup m'aymer auec ſi peu de cœur.
  *Souffre au deüil qui m'occupe, & dont tu m'as
    diſtraicte,*
Dans cette ſolitude vn moment de retraitte;
Et voy ſi le Courrier qu'on attend chez le Roy,

Sçait que mon Frere arriue, & s'il n'a rien pour moy.
Reuien cher entretien de ma triste memoire,
Appuyer ma constance, & soustenir ta gloire:
Tout mort & tout sanglät reuien dedans mon cœur,
O mon cher Dom Louis, combattre ton vainqueur.
Il apporte au combat de dangereuses armes;
De l'espoir d'vn Empire il emprunte les charmes.
Il marche enuironné de toute la splendeur
Qui d'vn puissant Monarque etale la Grandeur:
Et toy dedans la nuict eternellement sombre,
Ne lui peux oposer qu'vn Phäsôme, & qu'vn Ombre.
Mais cette Ombre en mon cœur efface son orgueil;
Ie ne puis preferer son Throsne à ton cercueil:
Et ie sacrificray d'vn dessein noble & ferme
Tous les feux de mon ame aux cêdres qu'il enferme.
Son faste en vain pretend enchanter mes douleurs,
Rien ne plaist à mes yeux au trauers de mes pleurs:
Tu fus toute ma gloire, & ta triste auanture
Enferma tous mes vœux dedans ta sepulture.
Mais Dieu! le Prince icy! quels assez sombres
    lieux
Sous ces Arbres pourront me cacher à ses yeux?

SCENE II.

LE PRINCE, OCTAVE.

LE PRINCE.

NOn, non, Pere importun, cet amour frenetique
Ne prendra point de loy de voſtre Politique:
Pour en deliberer voſtre aduis vient trop tard:
L'Amour & les Eſtats ont leur Police à part:
Contre ce qu'il preſcrit vos Maximes ſont vaines,
Et l'eſpoir de regner ne peut m'oſter mes chaines.

OCTAVE.

Cette obſtination part d'vn charme puiſſant,
Vous voyez quel ennuy voſtre Pere en reſſent;
Et que pour vous guerir, & bannir de voſtre ame
Apres tant de langueurs cette fatale flame,
Il met à voſtre choix iuſques à ſes Eſtats.

LE PRINCE.

Quand l'ame n'eſt plus ſienne on n'en diſpoſe pas.
Vn ennuy qui m'accable, vn feu qui me conſomme,

A iij

A peine m'ont laiſſé les ſentimens d'vn homme;
Et ie ne retiens rien en cet aueugle amour
Du noble orgueil du ſang dont i'ay receu le iour.
Helas! fut-ce ce cœur eſclaue d'vne fille,
Qui braua tant de fois les forces de Caſtille?
Fut-ce luy qui me fit affronter le danger
Iuſques dedans les murs de Thunis & d'Alger?
Promener la terreur du Couchant à l'Aurore,
Sur le riuage Grec, & ſur la riue More?
Sont-ce là ces progrez qu'ont craint nos ennemis?
Et le bel auenir que les Cieux m'ont promis?
  O vous qu'ō croit Autheurs des fortunes humaines,
Aſtres, vous nous trōpez, vos promeſſes ſont vaines,
Pas vn des curieux qui vous ont obſeruez
N'ont à tant de meſpris cru mes iours reſeruez;
Nul ne m'a menacé d'vn ſi honteux ſeruage:
Tous m'ont de tous les cœurs fait eſperer l'hommage:
Quels hommages! helas! deuiez-vous m'acquerir
Si méme auec des fers on ne me peut ſouffrir?
Si de tant de meſpris mon ſeruice eſt la butte?
Si ſoumis, languiſſant, & ſerf on me rebutte?

OCTAVE.

Vous nous faites encor flatter vos ſentimens:
Vous offrir du remede eſt vn de vos tourmens!
On n'oſe vous parler, rien ne vous perſuade,

Qui ne veut point guerir sans doute est bien malade!
Si vous me permettiez de parler librement,
Ie vous dirois qu'on rit de vostre aueuglement ;
Et que toute la Cour sourdement authorise,
Apres tant de desdains l'auersion d'Elise.
Pour moy, qui ne sors pas du sang d'où vous sortez,
Qui ne me puis vanter d'illustres qualitez ;
Qui n'ay point d'esperance auecque vous commune,
Et dont l'heur d'estre à vous est toute la fortune,
Tout ce que la Nature auroit de plus charmant,
Ne m'obligeroit pas d'aimer ingratement :
Et le second desdaiu me rendroit ma franchise.

LE PRINCE.

Parles-tu sans trembler quand tu parles d'Elise?

OCTAVE.

Des meurtres qu'elle fait le bruit est-il si grand?
Ie n'oy plaindre que vous des cœurs qu'elle surprēd,
Et ie ne treuue point...

LE PRINCE.

Insolent! temeraire!

OCTAVE.

Vous l'emportez tousiours auec vostre colere.

Mais s'il n'est pas permis de vous rien contester,
Et si l'on n'est à vous qu'afin de vous flatter,
Si de la verité vous deffendez l'usage,
Nous joüons vous & nous un mauuais Personnage.
Les Roys & les Amans ont ce deffaut commun,
Que si l'on ne les flatte, on leur est importun ;
Que si dans leur estime on pretend quelque place,
Le mensonge l'y donne, & la franchise en chasse.
Il faut qu'un charme horrible occupe vos esprits,
I'ay mille fois pour vous rougi de ses mespris.

LE PRINCE.

Perfide, ton salut pour toute repartie
Depend...

OCTAVE.

De vous flatter?

LE PRINCE.

D'vne prompte sortie,

Et sans deliberer, ou...

OCTAVE.

Je vous laisse. O cieux !

Octaue *Qui peut plus gouuerner cet esprit furieux ?*
rentre.   LE

LE PRINCE seul.

Estrange tyrannie, & rigueur sans seconde,
Qu'il faille prendre aduis & loy de tout le monde!
De deuoir à mon Pere, à l'Estat, à la Cour,
Et iusques à mes gens raison de mon amour!
De ne me plaindre pas d'vne iniuste puissance,
Et n'en pouuoir souffrir l'Empire auec licence!
Qu'ils souffrent ma blessure, & la laissent seigner!
Le plus grand de mes maux est d'y voir repugner.
C'est trop peu qu'vne Fille insolamment me braue,
Mes regards sont contraints, ma parole est esclaue,
On gesne ma pensee, ô Dieu! qu'ay-je commis
Qu'il faille pour aymer auoir tant d'ennemis?
Ie n'occupe leurs soins, leurs trauaux, ny leurs
          veilles:
Le recit de mes maux n'étourdit point d'oreilles:
I'adore sans effet d'insensibles appas:
Mais pourquoy s'ẽ plaint-on, si ie ne m'ẽ plains pas?
  Je ne m'en plains qu'à vous, confidens solitaires,
Arbres, fontaines, fleuues, fidelles secretaires,
Seuls dont les entretiens daignent flatter mes soins,
Seuls aussi de mes maux veritables témoins,
Seuls auec qui mon cœur en liberté souspire
L'insuportable joug d'vn si cruel Empire,
Seuls enfin dont la veuë enchante mon soucy.

                                        B

Qui t'ameine, Lucie? Elise eſt elle icy?

SCENE III.

LVCIE, LE PRINCE.

LVCIE.

OVy, mais ſi voſtre amour ne veut que ie la
    flatte,
Ne la voyeʒ point, Prince, éuiteʒ cette ingrate.
Plûſt au Ciel ſceuſſiez-vous de quelle indignité
A l'inſtant meſme encor elle vous a traitté!
Vous vous feriez effort en ce beſoin extréme;
Vous obtiendrieʒ de vous plus d'amour pour vous-
    méme,
Et vous affranchirieʒ des plus indignes loix,
Sous qui iamais beauté rangea du ſang de Roys.
Ie ſçay combien ce ſoin peſe au Roy voſtre Pere;
Et certes auec luy ie plains voſtre miſere:
Et c'eſt bien eſtre aueugle, & bien peu vous priſer…

LE PRINCE.

I'approuue tes auis, mais ie n'en puis vſer.

Toute la cruauté dont Elise est capable,
Ne me peut reuolter contre vn joug qui m'accable.
Nomme cette constance, ou force, ou lascheté,
Mais plus que ses mespris ie crains ma liberté.
Tout ce que mes amis ont d'auis legitimes,
Mon Pere de raisons, & l'Estat de Maximes,
Tout ce que i'ay de cœur, de force & de discours,
Ne peuuent à mes vœux donner vn autre cours,
Et rallument mon feu plustost que de l'estaindre.

LVCIE.

Vostre misere est grande, & vous estes à plaindre!
Deuriez-vous profaner des iours si precieux,
Sur qui tout l'Arragon iette auiourd'huy les yeux?
Dom Louys à vos feux la rendit insensible;
Et ce Riual vaincu la rend plus inuincible.
Son sang a plus aigry, qu'adoucy vostre sort,
Il est vostre Riual encor apres sa mort:
Et tout pasle & tout froid occupe encor la place
Dont tout bruslant d'amour l'insensible vous chasse.
Vous faut-il dire tout? i'excite son couroux
Par le moindre dessein de luy parler de vous.
Elle s'en est forgé mille soupçons friuoles:
Dans son opinion ie vous vends mes paroles.
Vn infame interest met à prix mon credit;
Et vostre nom enfin m'est si fort interdit,

Qu'il faut , quoy que m'inspire vn veritable zele,
Ne vous nommer iamais , ou me separer d'elle.
Voila les beaux succez que mon soin vous produit;
N'auez-vous pas grand lieu d'en esperer grand
      fruit?
Adieu , iugez , Seigneur, ce que mon imprudence
Luy fera presumer de nostre confidence ,

Il l'arrête *Et du soin innocent que ma pitié vous rend ,*
Si dans cet entretien son retour nous surprend.
Laissez moy.

LE PRINCE.

Quand ton soin deuroit m'estre friuole,
Tache à m'en obtenir au moins vne parole.
Ie ne veux...

LVCIE.

La voicy, retirez-vous. O Cieux!

LE PRINCE.

Il entre
dans vn
cabinet de *Ie vay l'attendre , auance , & me cache à ses yeux.*
verdure,
& les es-
coute.

SCENE IV.

ELISE, LVCIE, LE PRINCE,

ELISE.

A S-*tu veu le Courrier?*

LVCIE.

I'en viens.

ELISE.

Apporte, donne.

LVCIE.

Tenez.

ELISE lisant.

A la Comtesse Elise de Cardone.

DEmain, ma chere Sœur, vous sçaurez par
    ma bouche,
Où nous auons du Roy reduit les ennemis;
Et que no⁹ surmōtans en tout ce qui le touche,
Nous executons plus que nous n'auons promis;

14 DOM LOPE DE CARDONE;
Permettez que le Fils espere,
Quand ie fay triompher le Pere;
Et ne troublez à mon retour
D'vne humeur chagrine & seuere
Ma victoire ny son amour.

D. Lope de Cardone.

LE PRINCE bas.

O d'vne ingrate Sœur noble & genereux Frere,
Qui condamne sa haine, & qui veut que i'espere!

ELISE.

O foible & lasche auis d'vn Frere genereux !
Moy voir cet assassin d'vn œil moins rigoureux !
Moy laisser esperer vne amour qui m'offense !
Moy du sang d'vn Amant estre la recompense !
Faire sur ma memoire vn si barbare effort !
Et receuoir la main dont il receut la mort !
Vne main de son sang encore degoutante !
O friuole conseil, & ridicule attente !
Ah plutost, cher obiet d'vn si sensible ennuy,
Vn cercueil auec toy, qu'vn Throsne auecque luy !

LVCIE.

Ie n'ose vous rien dire, & vostre violence

Rétraint tous mes penfers fous la loy du filence;
Mais plût, mais plût au Ciel viffiés-vo° de mes yeux
Du mal que vous caufez l'effet prodigieux!
Pour voir fans s'émouuoir vne amitié fi rare:
L'infenfibilité n'eft pas affez barbare;
Malgré tous vos mefpris, iamais fur vn Amant
Princeffe ne regna fi fouuerainement.
Et iamais defefpoir fi grand & fi funefte
N'eut tant de reuerence, & ne fut fi modefte.
L'auantage du fang, qui de tant de flatteurs
Fait aux Princes des ferfs & des adorateurs;
Et le bandeau Royal qu'attend ce front Augufte,
Qui prend fur tant de cœurs vn Empire fi iufte,
Ont-ils fi peu d'attraits?

ELISE.

Son fang, fon rang, fon bien,
Pourroient toucher vn cœur placé comme le tien.
Il s'en deffendroit mal, mais où le mien refide,
Il faut pour l'ébranler vn moyen plus folide;
Il faut luy faire voir que mes yeux éblouys
Luy reprochent à tort la mort de Dom Louys:
Et que le propre iour pris pour noftre hymenée,
Il n'a pas de fes iours la courfe terminee:
Mais ie vis & le fer qui luy perça le flanc,
Et le bras du meurtrier encor teins de fon fang.

Ie vis en l'appareil d'vne pompe funebre,
Changer l'appreſt d'vn iour ſi cher & ſi celebre;
Et ſuiuis au tombeau, frapé du coup mortel
Celuy que noſtre hymen attendoit à l'Autel.
Et tu veux, qu'abhorrant ſa recherche importune,
Tout odieux qu'il m'eſt, i'encenſe ſa fortune!
Tu ne crois pas vn Sceptre vn offre à dedaigner,
Et ie le doy ſouffrir parce qu'il doit regner.
O laſche ſentiment d'vne baſſe naiſſance!
O d'vn parfait amour obſcure connoiſſance!
L'amour ſeul eſt ſon prix, & quand on ayme bien
Des Sceptres, des Eſtats, tout ſe compte pour rien;
Et loin de m'éblouyr tout ſon éclat m'irrite.

LVCIE.

Et bien de ſon amour peſez donc le merite.
Dom Louys auec gloire eſt mort en vn combat,
Qui hazardoit le ſang le plus pur de l'Eſtat.
L'vn d'eux à vos beautez eſtoit deub pour victime:
Le Prince eut l'auantage, & voila tout ſon crime.
D'autres couronneroient de ſemblables forfaits.

ELISE.

T'ay-je pas deffendu de m'en parler iamais?
Sçais-tu de quel empire & d'amour & de flame
Le Comte de Venaſque a regné dans mon ame?
Helas

Helas! ie le sçay seule, & qui me l'a rauy,
Quelque rang qu'il occupe en vain m'est asseruy,
Et lasche à mes rigueurs en vain se sacrifie;
Il ne bat qu'vne roche à ses cris endurcie.
Tout ce qu'on m'en propose excite ma fureur,
Son nom, son rag, ses vœux, i'en ay tout en horreur.

LE PRINCE sortant furieux.

Et bien, Madame, & bien, si mal en vostre estime
Il y faut faire naistre vne horreur legitime;
Puis qu'on m'est si barbare, il faut l'estre à mon tour,
Et meriter la haine au deffaut de l'amour.
Il faut, si plein d'horreur, si noir, & si terrible,
Sans sentiment d'honneur traitter vne insensible:
Rendre sa haine iuste, & de force emporter
Ce qu'au prix de soy-mesme on ne peut acheter.

ELISE.

Prince, ie sors d'vn sang, dont...

LE PRINCE.

Vous pourriez descendre
Ou du sang de Cesar ou du sang d'Alexandre,
Que ie ne vous pourrois souffrir la vanité
De m'estre si barbare auec impunité.
I'ay par tous les efforts qu'vn vray zele a pû faire,

Comblé d'heur & de gloire & vous & voftre Frere;
Pour le rendre celebre, & fignaler fon nom
I'ay mis entre fes mains les armes d'Arragon;
Et pour voir tout ployer fous fon obeyffance
Ie me fuis dépoüillé de ma propre puiffance.
Si ie pouuois fans honte en vn iufte couroux
Rappeller à vos yeux ce que i'ay fait pour vous,
Et ce que vous payez, d'vn traittement fi rude,
Ie vous ferois rougir de voftre ingratitude.
I'ay veu pour vous feruir cent climats eftrangers;
I'ay trauersé cent Mers, & franchy cent dangers,
Que tout autre peut-eftre eut creus ineuitables,
Et que n'ont pas tenté tous les Heros des Fables.
La feule ardeur de plaire à ce cœur inhumain,
Me mit prefque en naiffant les armes à la main.
Dedans tous les fuccez dont i'ay remply l'Hiftoire,
Ie n'ay, quoy qu'on ait crû, remply que voftre gloire.
Ie n'ay feruy l'Eftat que par l'ambition
D'accroiftre ou conferuer voftre poffeffion;
D'en affermir pour vous l'authorité fupreme,
Et ioindre des Brillans à voftre Diademe.
L'Efpagne a veu pour vous l'effroy fur fes deux
        Mers,
Ces bras victorieux traifnoient par tout vos fers:
I'ay tout vaincu pour vous, & vous feule inuincible
Oppofez, à ma flame vn cœur inacceffible.

Mais puis qu'on ne peut rien soumis ny Conquerât,
Que vous auez, horreur d'vn Prince souspirant;
Qu'auec tout mon respect ie ne vous sçaurois plaire,
Mon amour irrité se sçaura satisfaire,
Et pour iustifier l'horreur que ie vous fais,
Passera sans respect des plaintes aux effers.

ELISE.

O le grand Roy qu'en vous attend cette Prouince!
O que vous auez bien les sentimens d'vn Prince!
Issu d'vn sang Royal, & né pour vn Estat,
Vous pouuez conceuoir vn si lasche attentat!

LE PRINCE.

Vos mespris...

ELISE.

                Et peut-estre apres cette menace,
Vous pretendrez encor quelque part en ma grace!
Et vous espererez des traittemens plus doux!
I'aurois les sentimens aussi lasches que vous,
Et ie meriterois de vous estre alliée,
Si iusques à vous aymer ie m'estois oubliée.
Fermez, fermés les yeux aux respects les plus saints,
Bastissez vous en l'air vos infames desseins,
Et croyez, tout pouuoir auec toute licence,

Mon honneur ſçaura bien pouruoir à ſa deffence,
J'auray, j'auray memoire & du temps & du lieu,
Ou...

LE PRINCE.

Ma Princeſſe, vn mot.

ELISE.

Laiſſez-moy, Prince, adieu.

LE PRINCE.

Laiſſez-moy donc vn cœur, dont voſtre tyrannie
Auecque la franchiſe a la raiſon bannie.
Vn laſche qui vous ſuit malgré voſtre couroux,
Et qui ne ſçauroit eſtre, & n'eſtre pas à vous.
Si i'ay crû ma fureur contre voſtre iniuſtice,
D'vn eſprit eſchapé pardonnez le caprice :
Toute voſtre rigueur ny tout mon deſeſpoir
Ne peuuent m'emporter hors des loix du deuoir,
Et i'ay deſauoüé ce penſer temeraire,
Ce monſtrueux enfant d'vne aueugle colere,
Qui contre voſtre honneur m'oſoit ſolliciter,
Et qu'vn excez d'amour m'a permis d'écouter.
J'offre encore ma vie, & l'ay cent fois offerte,
S'il faut de mon Riual vous reparer la perte :
tirant
l'eſpee
Tenez, mon ſang du ſien eſt-il vn digne prix ?

Ce fer me bleſſera bien moins que vos meſpris.

LVCIE l'arreſtant.

Seigneur...

LE PRINCE.

Laiſſe, Lucie, acheuer vne vie
Des outrages du ſort ſi long temps pourſuiuie;
Laiſſe moy me souſtraire à de ſi rudes loix,
Satisfaire ſa hayne, & luy plaire vne fois.

ELISE   s'en allant.

Le tort que i'ay receu ne ſe peut ſatisfaire,
Prince, ne mourez point par l'eſpoir de me plaire;
Cet eſpoir ſeroit vain, viuez, & ſeulemént
Gueriſſez voſtre eſprit d'vn friuole tourment.

LE PRINCE.

O d'vn barbare cœur ſenſible experience!
A quelle eſpreuue, ô Ciel, mets tu ma patience!
Qu'vn effroyable charme aueugle mes eſprits,
Et qu'il faut de vertu contre tant de mépris!

Fin du premier Acte.

ACTE II.

SCENE PREMIERE.

THEODORE, CYNTHIE, LE PRINCE.

THEODORE.

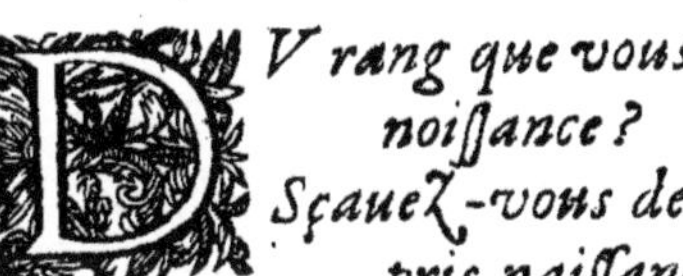

V rang que vous tenez auez-vous con-
    noissance ?
Sçauez-vous de quel sang nous auons
    pris naissance,
Prince ? & que l'Arragon & cent climats diuers
Sur vous pour les regir tiennent les yeux ouuerts?
Suffit-il d'vne teste & d'vne ame commune
Pour le noble fardeau qu'attend vostre fortune?
Est-ce assez, pour porter le Sceptre d'Arragon
Que vous ayez d'vn Prince & le sang & le nom?
Il faut qu'vn Souuerain ayt d'autres caracteres
Que les hommes communs, & les ames vulgaires.

L'Estat tousiours veillant dessus ses actions,
De ses moindres pensers prend des impressions;
Veut voir à quels instincts sa naissance l'incline,
Et iusques dans le cœur sans faueur l'examine.
Quelle attente, mon Frere, & quelle impression
Receura vostre Estat de vostre passion?
Dont l'empire hôteux vous maistrise & vous braue,
Iusqu'à vous abbaisser à des deuoirs d'esclaue?
La foiblesse d'aymer parmy tant de mespris:
Se pardonneroit elle aux plus lasches esprits?
Elise vaut beaucoup; mais a-elle des charmes
A faire de vos yeux tomber d'indignes larmes?
A vous tirer du sein de si frequents sanglots?
A ne vous pas laisser vn moment de repos?
A vous auoir distraict des trauaux de la guerre,
Apres l'auoir portee aux deux bouts de la Terre?
Apres qu'on vous a veu partant d'exploicts diuers
Prest à faire Espagnol presque tout l'Vniuers?

LE PRINCE.

Ie blasme autant que vous ce changement extréme,
Ie m'en fais tous les iours le reproche à moy-méme;
Ie deteste l'ardeur dont ie suis consommé,
I'en suis confus, ma Sœur, mais auez-vous aymé?

THEODORE.

Mon sexe n'exclud pas de l'amoureux empire;

L'amour est absolu sur tout ce qui respire ;
Mais aymant, ie voudrois garder le souuenir
Du rang où ie suis née, & que ie doy tenir.

LE PRINCE

L'Amour n'est point Amour qu'alors qu'il est ex-
*   tréme,*
Et ne nous laisse point de pouuoir sur nous-mesme,
Luy pouuant refuser des hommages trop bas,
Ma Sœur, vous seriés libre, & vous n'aymeriés pas.
Quand vous blâmez l'ardeur dont vous m'entendés
*   plaindre,*
Doutés-vo° des eforts que i'ay faits pour l'étaindre ?
Combien i'ay combatu, combien i'ay resisté ?
Mes plus sanglâts combats ne m'ôt pas tant co ûté.
I'ay destruit de trois Roys l'Empire tyrannique,
I'ay soumis la Grenade, & fait trembler l'Afrique,
Auec bien moins d'efforts que ie ne m'en suis fait
Pour m'arracher du cœur ce redoutable traict.
Mais il n'est honte, orgueil, ny loy qui ne destruise
Vn seul ressouuenir, vn seul penser d'Elise ;
Et dans cette foiblesse il ne me souuient pas
Qu'il doiue estre pour moy de Sceptres ny d'Estats.

THEODORE.

Vostre ennuy dans mon cœur treuue tant de tédresse,
Quelle

Qu'elle me met à bout de toute mon adreſſe,
Et me fait plaindre enfin l'amour que i'ay blaſmé:
S'il faut aimer ainſi ie n'ay iamais aimé.
Mon Frere, ie l'auoüe, & ie ſuis aſſez vaine
Pour iurer à l'amour vne inuincible haine.
Le Roy vient, rappellez en ce cœur abbatu
En ſa preſence au moins vn moment de vertu.

SCENE II.

LE ROY, GARDES, LE PRINCE, THEODORE,
     CINTHIE.   LE ROY.

ET bien, voſtre raiſon s'eſt-elle conſultée,
   Prince? & cette fureur s'eſt-elle vn peu d'ôptée?
Employez-y tout l'art que vous m'auez promis,
Vous eſtes le plus fort de tous vos ennemis,
Et de voſtre valeur à ſoy-meſme oppoſee,
La victoire d'abord paroiſtra mal aiſee;
Mais ſauuez-vous l'eſtime où vous auez veſcu;
Auſſi-toſt qu'on veut vaincre, on a preſque vaincu.
Formez-vous le deſſein d'vne grande victoire,
De ſon euenement ie vous promets la gloire;
Et comme il paſſera vos plus dignes exploits,
Ie vous ay de ſon prix deſia promis le choix.
Ouy, mon Fils, & la foy qu'encor ie vous en donne
N'excepte de ce choix ny Sceptre ny Couronne.

                                        D

Tentez cette tendreſſe où le ſang me reſout,
Oubliez vne ingrate, & me demandez tout.

LE PRINCE.

Ie ſuis vn lâche fils du plus genereux pere
Que la Terre ſoutienne, & le Soleil éclaire,
Si quoy que cet effort me dût couter le iour
Ie n'eſſaye la vengeance à cet excez d'amour :
Ouy, ie prendray, Seigneur, du tẽps & de moy-méme,
Des armes & du cœur pour ce combat extréme ;
Ie n'oſe m'en promettre vn facile ſuccez ,
Mais i'ay deja vaincu mes plus boüillans accez ;
Et condamner ma flame, en rougir, & m'en plaindre,
Eſt déja quelque eſpoir de la pouuoir éteindre :
Mais ſi de cet amour ie puis forcer les loix,
Souuenez-vous du prix dont vous m'offrez le choix ;
Ie n'abuſeray point de la preuue obligeante
D'vne force de ſang pour moy trop indulgente,
Et mon ambition n'etendra point ce prix
Au delà des reſpects d'vn ſujet, & d'vn fils.

LE ROY.

Ie ne reſerue rien, & laiſſe à ma promeſſe
Toute ſon étenduë, & toute ſa tendreſſe ;
Mais pour vous dégager d'vn ſi cuiſant ſoucy,
Et meriter ce prix, n'exceptez rien auſſi ;

Combattez de ce cœur qui force des murailles,
Qui vous soumet des Rois, qui gaigne des batailles,
Qui me donne en l'Europe vn si celebre rang,
Et ne laissez point voir de foiblesse en mon sang :
Ie sçay, mon Fils, qu'Elise à vos vœux fauorable,
Est vn objet charmant, & peut estre adorable :
Mais Elise craignant Dom Pedre pour Epoux,
Elise méprisante est indigne de vous ;
Et la mort d'vn Riual dont elle vous accuse,
De son ingratitude est vne indigne excuse.

SCENE III.

OCTAVE, LE ROY, Suite, LE PRINCE,

THEODORE, CYNTHIE.

OCTAVE.

Sire, les Generaux au plus digne appareil
Que fut iamais triomphe éclaire du Soleil,
Sous vn ombrage épais des drapeaux de Valence,
Auec peine du peuple ont forcé l'affluence,
Pour venir, prosternez à vos pieds glorieux,
Décharger de lauriers leurs bras victorieux.

D

LE ROY.

Allons les receuoir; Prince , cette victoire
Sans voſtre indigne amour vous auroit deub ſa
    gloire.
Mais les voicy.

SCENE IV.

D. LOPE, D. FERNAND, D. SANCHE.
LE ROY, LE PRINCE, THEODORE,
OCTAVE,   Suitte.

LE ROY.

VEnez, magnanimes Riuaux,
Aux deux bouts de la terre eſtendre vos trauaux,
Illuſtres compagnons des belles auantures,
Par qui vos noms viuront dans les races futures,
Venez meſler aux miens ces inuincibles bras,
Fameux par tant de ſang & par tant de combats.
Et vous, que ſous ce poil l'Afrique encor reuere,
A Dom
Fernand. *De ce genereux Fils digne & genereux Pere :*

Dom Fernand, prenez part auec tout l'Arragon
Aux succez dont son bras a signalé son nom.

DOM FERNAND.

Si ses trauaux, Grand Roy, sont de quelque merite
Ma main de vos bienfaits par la sienne s'acquite,
Et i'ay lieu de benir le moment fortuné,
Que pour vous le donner le Ciel me l'a donné.

LE ROY.

Comme par leur valeur le Ciel m'est si prospere,
Pour leur fortune aussi ie veux agir en Pere;
Et m'épuisant pour eux, eleuer leur renon
Aussi haut qu'ils ont mis la gloire d'Arragon.

DOM SANCHE.

Nous ne pouuions montrer vne valeur commune,
Guidez de vos Drapeaux & de voistre Fortune.

DOM LOPE.

Elle animoit nos bras, elle adressoit nos coups,
C'est combatre asseuré, que combatre pour vous.

LE PRINCE bas.

De quel triomphe, Amour, m'as tu rauy la gloire?

THEODORE bas.

Qu'vn Conquerant est beau paré d'vne victoire?

LE ROY.

Les Castillans, enfin, ont si mal defendu
Le droict que sur Valence Alphonse a pretendu,
Qu'vne infidelle Mer borne encor mon Empire?

D. LOPE.

Ouy, Seigneur, sous vos loix sa côte encor respire;
Dessous vôtre Etendard à peine déployé
De l'Hydre qui naissoit cent testes ont ployé:
D'abord Albe, Oropese, Alicant, Oriuelle,
N'ont point voulu tenir pour le party rebelle;
Et nous semblions, à voir les peuples accourir,
Visiter vos pays, plus que les conquerir:
Nos progrez n'auoient fait aucun sanglant spectacle,
Quand Alfachs de leur cours a commencé l'obstacle,
Où, sans estre enuieux, ie ne puis oublier
Ce que la Renommée a dû vous publier,
Que Dom Sanche, Seigneur, par sa haute entreprise,
Presque seul, & sans nous, à cette Isle conquise,
A le premier pris terre, & pour gaigner ces bords,
S'y lançant, a couuert le champ de tant de morts,
Essuyé tant de traits, & de cette contree,

Auecque tant de ſang ſceu s'applanir l'entree,
Que la frayeur qu'il mit au ſein des Ennemis
Par cet vnique exploit a preſque tout ſoubmis :
Mais, & de ſon adreſſe, & de ſon grand courage,
Valence, mieux qu' Alfachs, a rendu témoignage,
Ce qu'a fait ce grand Homme en ce celebre employ
Ne peut que par les yeux s'acquerir de la foy.

D. SANCHE.

Arreſtez moins, amy, ſur des ſujets friuoles,
Et pour parler de vous, laiſſez-moy des paroles.

D. LOPE.

Je ne m'exprime pas comme vous meritez,
Mais ſans faſte & ſans art ie dy des veritez.
Victorieux d'Alfachs nous crûmes de Valence
Deuoir ſans differer attaquer l'inſolence ;
A ce noble projet aucun ne balança,
Nous reſoluons le ſiege, & chacun s'auança.
Mais Guſman de Giron qui gardoit ſes murailles,
Aimant mieux hazarder le deſtin des Batailles,
Aſſemble ce qu'il a de plus fameux ſoldas,
Sort & marche vers nous pour nous couper le pas :
De ſon camp approchant les ſons nous réiouyſſent,
Les cœurs moins reſolus d'aiſe s'épanouyſſent ;
Déia d'vn noble orgueil, tous s'eſtiment vainqueurs,

Les fronts pleins de fierté promettent tous des cœurs,
Et l'vn & l'autre Camp plutoſt aux mains qu'en face,
Se diſpute aſprement la victoire & la place.
Ie ne vous peindray point l'image de l'horreur
Qu'y tracerent de ſang la Mort & la Fureur.
Il ſuffit pour bien peindre vne guerre allumee
Qu'on eſtoit Eſpagnol en l'vne & l'autre armee ;
Et que tantoſt pouſſans, & tantoſt repouſſez,
Aucuns rangs de long-temps ne furent enfoncez :
Enfin ne pouuant plus voir la victoire en doute,
Et d'aucuns qui ployoient craignant noſtre déroute,
Ce grand Homme inſpiré d'un genereux auis
Change auec vn ſoldat, & d'armes, & d'habis,
Et prenant cent des ſiens pour marcher à ſa ſuite
Dans le Camp ennemy feint vne laſche fuite ;
Couure d'vne infamie vne haute vertu,
Se feint comme le bras le courage abbatu,
Et demandant party coniure qu'on les rende
Aux pieds victorieux de celuy qui commande :
Arriuez à ſon char, Dom Guſman apprend d'eux
Des armes d'Arragon l'éuenement douteux,
Et que nez Caſtillans ſous vn ſort plus propice,
Ils viennent à leur Maiſtre immoler leur ſeruice ;
Leur chetif equipage, & leur ſimple façon
Au ſein du general ne iette aucun ſoupçon ;
Par ſon ſoin ſeulement leur bande deſarmee

Eſt miſe

Est mise aux derniers rangs qui composent l'armée,
Où n'estans obseruez d'aucuns des Ennemis;
Et tirans de longs fers cachez sous leurs habis,
Auant qu'aucun vers eux pense à tourner visage,
Ils en font vn si prompt & si sanglant carnage,
Qu'au spectacle des morts dont ils ionchent le champ
Vne confuse horreur s'étend par tout le camp:
Sur les piles de corps dont ils prennent les armes,
Leurs cris iettent par tout de mortelles alarmes,
Et l'ennemy surpris d'vn accident si prompt,
Et reduit à combattre, & de queuë, & de front,
Fuit, s'écarte, s'empresse, & contre nostre attente
Laisse choir en nos mains la victoire flottante.
Dom Sanche en ce combat toujours au premier rang,
Tout couuert de sueur, de poußiere, & de sang,
Cherche où Gusman commande, y fait passage, y vole,
Et luy tranche la vie auecque la parole :
Sa mort est la derniere, & ls coup qui l'abbat
Nous laisse l'auantage, & le champ du combat.

LE ROY au Prince.

O Dieu! quelle des deux merite plus d'estime,
Ou la valeur qu'il vante, ou la voix qui l'exprime?
Comte, pour m'acquitter comme il a combatu,
A quel prix mettrons-nous cette insigne vertu?

E

D. LOPE.

Quand Alfachs feroit fienne, &...

D. SANCHE.

Mes feruices, Sire,
Ont pour objet vn prix plus grãd que vôtre Empire;
Ne bornez point celuy que vous leur deftinez,
Que leur fuitte plus loin n'ait vos Eftats bornez,
Et dans ce que Dom Lope a tû par modeftie,
Oyez de nos progrez la meilleure partie.
Valance en ce combat, dont on luy fait rapport,
De fa rebellion n'arrefte pas l'effort ;
Elle a pour elle encor l'abry d'vne muraille,
Et veut qu'on tente vn Siege apres vne bataille:
La deffenfe en effet ne luy deffailloit pas,
Et fes murs enfermoient encor de bons foldats.
Les traicts qu'à noftre abord fa garnifon decoche,
D'vne effroyable grefle en deffendent l'approche,
Où laiffant auancer quelques audacieux,
Les font marcher à l'ombre & leur cachent les cieux,
Quand pour vn temps enfin cet orage s'appaife.
(Que d'Hannibal, Seigneur, Carthage icy fe taife)
Et qu'aux Siecles futurs Dom Lope feulement
Excite de l'eftime & de l'eftonnement.
Ce grãd cœur, qui peut tout, quoy qu'il ofe ẽtreprẽdre,

A fait des veritez, des fables d'Alexandre;
Et par vne action qui ternit tous nos fais,
S'est acquis vne gloire à ne mourir iamais.
Impatient qu'il est de l'espoir, des Rebelles
Il ordonne l'assaut, fait planter les eschelles,
Et voyant quelque temps nos gens deliberer,
Au mespris des dangers qu'il auoit à parer,
Mõte, vole aux creneaux, s'en rẽd maître, s'y plãte,
Au sein des ennemis y iette l'épouuante;
Reçoit dans son écu les traicts de toutes parts,
Et des plus asseurez estonne les regards:
De ces gresles de traicts sa suitte trauersée,
Des premiers eschelons trebuche renuersee;
Et seul aux yeux d'vn peuple & d'vncamp étõné,
Comme dans vn desert il semble abandonné.

LE ROY.

O genereux Riuaux, qu'auec droict la fortune
Vous partage ses vœux, & vous est si commune!

D. SANCHE.

Au point que par des cris aussi tendres que vains
Nous l'appellions à nous & luy tendions les mains,
Les fossez se comblans de mille funerailles,
Il se precipita dans l'enclos des murailles,
Incertain d'y perir & treuuer son tombeau,

E ij

Par la main d'vn soldat ou celle d'vn Bourreau,
Puisque sans vn grand heur cette cheute inouye
Vif le pouuoit liurer à la ville ennemie ;
Mais par vn heur insigne en s'y precipitant
Il tomba sur ses pieds, & s'y tint combattant :
Enfin parmy cent morts dont il couurit la place,
Vn dard par vn defaut où ioignoit la cuirasse,
L'atteignit au costé d'vn coup si violant,
Que le genoüil ployé, pâle, froid, & sanglant,
Ne pouuant s'arracher l'arme qui le trauerse,
Sans force, & comme mort sa douleur le renuerse,
Le Soldat qu'auec droit ce coup dût animer,
Raui d'vn tel succez, court pour le desarmer,
Iette les armes bas, croit l'aborder sans peine,
Et qu'en l'estat qu'il est la preuoyance est vaine ;
Mais sa main ose à peine approcher de son corps
Que ce Mars expirant ramassant ses effors,
Pendant qu'à cet office il la sent occupée
Au flanc qu'il treuue nud luy plante son épée ;
Lors d'vn lieu mal gardé surprenant le defaut,
Nous en gagnons l'accez par vn nouuel assaut ;
Et faisant, sans égard ny de sexe, ny d'âge,
De la ville effrayée vn horrible carnage,
Arriuez au secours de ce Heros mourant,
L'enleuons de ce lieu froid, & presque expirant :
Enfin, par le bonheur qui suit vostre Couronne

Et contre noſtre eſpoir le Ciel vous le redonne,
Ne peut priuer la Cour d'vn ſi brillant éclat,
Et vous rend auec luy le repos de l'Eſtat.

LE ROY embraſſant D. Lope.

O glorieux vaſſal! quelle reconnoiſſance
Peut icy m'affranchir du deffaut d'impuiſſance ?
Luy puis-je offrir vn prix à ſa vertu pareil?
Dom Sanche, ſur ce poinct i'attens voſtre conſeil.

D. SANCHE.

Sire, pour regaler ce prix à ſon merite ;
Vous poſſedez trop peu, l'Eſpagne eſt trop petite ;
Mais la gloire qu'on treuue à faire ſon deuoir,
Eſt le prix des trauaux qui n'en peuuent auoir.

LE ROY.

Deux cœurs d'vne valeur telle & ſi peu commune
Sont les plus chers preſens que m'ait fait la fortune ;
Auec voſtre ſecours ie puis tout conquerir,
Et ne puis trop donner à qui peut tout m'offrir :
Tous deux quoy qui vous rie, & quoy que ie hazarde,
Souhaitez ſeulement, & l'effect me regarde.

D. LOPE.

I'oſe aſpirer plus loin que ie n'oſe eſperer,

Mais, Seigneur, mes souhais se pourront moderer,
Ou par d'autres effects, & par d'autres conquestes,
Pour ma bouche, mon bras vous fera des requestes.

D. SANCHE.

Et ie feray pour moy parler d'autres trauaux.

THEODORE.

Quelle gloire eut iamais de plus dignes Riuaux!

LE ROY.

Ie me doute à quel prix & l'vn & l'autre aspire:
Princesse, apprenez d'eux ce qu'ils ne m'osent dire,
Ils s'ouuriront à vous auecque moins d'effort,
Et nous en resoudrons dessus vostre rapport ;
Laissons-les, Prince ; Et vous, souffrez leur conference
Fernand.

LE PRINCE.

Vous ne pouuez borner leur esperance ;
De tels trauaux, Seigneur, ne peuuent s'acquitter,
Et le Royaume entier ne les peut acheter.

SCENE V.

THEODORE, D. LOPE, D. SANCHE.

THEODORE.

ET bien, nobles vangeurs de l'orgueil de Castille,
Craindrez-vous de parler à l'aspect d'vne Fille ?
Ou la discretion qui tait vôtre dessein
Osera-elle enfin le verser en mon sein ?
Faites-vous des destins que rien ne puisse abatre,
Et sçachez triompher aussi bien que combatre ;
Et quoy ! si genereux quand vous executez,
Vous n'osez souhaiter mesme estans inuitez ?

D. SANCHE.

Dom Lope a plus de droit aux fruis de la victoire.

D. LOPE.

Dom Sanche y peut pretendre auecque plus de gloire.

D. SANCHE.

Tout le succez du siege à son courage est dû.

D. LOPE.

Et sans luy du combat le champ estoit perdu.

D. SANCHE.

Son sang y fut versé.

D. LOPE.

Le sien prest à repandre.

D. SANCHE.

Je crain de trop oser

D. LOPE.

Je crain de trop pretendre.

D. SANCHE.

L'Estat n'a point pour vous de prix trop signalé.

D. LOPE.

Je pourray m'expliquer quand vous aurez parlé.

THEODORE.

Quoy! Comtes, vous tremblez, & i'impose silence
Aux deux Cids d'Arragon, aux vainqueurs de
   Valance!

D. SANHCE *s'en allant, & saluant D. Lope.*

Seul, ie viendray vous dire à quel heur ie pretends.

D. LOPE *s'en allant.*

I'en vseray de mesme, & prendray mieux mon tĕps.

THEODORE *seule.*

J'apprends trop quel dessein l'vn & l'autre respire,
Ils m'én disent assez en ne m'osant rien dire :
Même valeur, méme heur, & méme ĕploy les ioint.
Mais vn cœur engagé ne se partage point.

Fin du second. Acte.

ACTE

ACTE III.

SCENE PREMIERE.

D. SANCHE seul derriere les murs du Palais, tenant
deux épées, vne nuë, & l'autre au fourreau.

TYRAN, ie t'obeïs, & i'attens pour te
plaire
Dessus le champ d'honneur mon aimable
Auersaire,
Conseiller inhumain, Monarque sans pitié,
Amour, autheur de haine, ennemy d'amitié,
Qui ne peux t'assouuir de sang & d'homicides,
Et qui veux seul regner aux lieux où tu presides ;
Et bien, il faut chercher par ton decret fatal,
Au sein de mon amy le sang de mon Riual.
Le voici ; quel combat en ce malheur extréme
Auãt qu'en estre aux mains ie rens cõtre moy-méme !
Et qu'on s'excite mal sans haine & sans couroux !

F

SCENE II.

D. LOPE, D. SANCHE.

D. LOPE.

LE Ciel vous fauorise.

D. SANCHE.

Et le fort vous foit doux.

D. LOPE.

Me rends-je affez à temps où voftre ordre m'appelle?

D. SANCHE.

Trop toft, pour me couter vne douleur mortelle,
Dont ce trouble vous doit eftre vn figne apparent.

D. LOPE.

D'où procede ce trouble? auons-nous different?
D. SANCHE.
Ouy, Comte, nous l'auons.

D. LOPE.
De quoy?

D. SANCHE.

De jalousie.

D. LOPE.

C'est vn grãd mal, Seigneur, quãd l'ame en est saisie,
Et vous n'en vēnez point à cette extremité,
Sans vn ferme dessein, & long-temps concerté.

D. SANCHE.

Assez, pour n'en point perdre en de vaines paroles.

D. LOPE.

N'examinõs donc point, puis qu'elles sont friuoles,
Le suiet qui nous met les armes à la main.

D. SANCHE luy donnant vne espee nuë.

Ce fer vous l'apprendra s'il peut m'ouurir le sein.
Le reconnoissez-vous?

D. LOPE regardant l'espee.

Quy, Comte, cette espée
Tousiours auec succez par ce bras occupée,

E ij

Où ie l'ay fait briller a ſceu ietter l'effroy;
Elle a donné des rangs & des tiltres au Roy;
Elle m'a fait vn nom aſſez conſiderable,
Et ſans la voſtre enfin ſeroit peu comparable:
Vn malheur m'en priuoit, vous la reconnoiſſez,
Elle m'inſtruit pour vous, & vous explique aſſez,
Ellé vient à propos m'apprenant mon offence
Vous en faire raiſon, & prendre ma deffence.

DOM SANCHE.

Tout bleſſé que i'en ſuis i'en plaindrois peu le coup
Et mõ ſang vaut trop peu pour le plaindre beaucoup;
Mais elle a pretendu m'oſter plus que la vie,
Et la miennè ne peut luy ſouffrir cette enuie;
Non, que le haut credit où ce fer vous a mis
Ne me deuſt...

DOM LOPE.

Hé de grace eſpargnez vos amis;
Car enfin ce combat n'excite point ma haine,
Et de noſtre amitié ne rompra point la chaine.
Pour le moins de ma part ie vous répond d'vn cœur
Qui ne vous hayra ny vaincu ny vainqueur.

D. SANCHE.

De meſmes ſentimens font que ie deſeſpere
De voir ce bras armé contre vne main ſi chere.

Mais ie suy de mon sort l'inéuitable arrest.

D. LOPE.

Ne consultons donc point, vuidons-en l'interest.

SCENE III.

D. FERNAND, D. LOPE, D. SANCHE.

D. FERNAND au milieu d'eux.

Treve, illustres Guerriers, quelles loix rigoureuses
Portent à ces discords vos ames genereuses?
Quel different, cruels, suscitant ce combat
Diuise contre soy les forces de l'Etat?
Rend de si chers amis de mortels Auersaires?
Et desdeux bras d'vn corps fait deux partis côtraires?
Moüillerez-vous de sang ce triomphe fameux
Qu'vn seul & méme employ vous aquiert à tous deux?
Quoy! Comte, quoy! mon Fils, ces fameuses espees,
En méme occasion si souuent occupées,
Dont le commun effort, & le fer rencontré
Dans vne mesme playe est si souuent entré,

Et que mefme valeur, & pareille fortune
En deux bras differens n'ont fi fouuent fait qu'vne,
Elles dont la furie, & les effors vnis
Defertant la Grenade en ont peuplé Thunis,
Ces ramparts de l'Etat, ces mouuantes murailles,
Ces nobles inftrumens de tant de funerailles,
Qui tant de fois ont fait de leur zele indomté
Vne fidelle preuue à l'infidelité,
L'vne à l'autre oppofee ont rompu l'alliance
Où l'Arragon fondoit toute fa confiance ?
Et s'efforcent d'ofter par vn mefme attentat
Deux Fauoris au Prince, & deux bras à l'Etat ?
Sans crime, pouuez-vous écouter la furie
Qui veut de fes appuis priuer voftre Patrie?
Et pour quelques raifons qui vous puiffent armer
Verfer le meilleur fang qui la puiffe animer ?
A-elle quelque part dedans voftre querelle ?
Et deuez-vous combatre, & mourir que pour elle?
Si mon fang me promet quelque refpect d'vn fils,
Voftre ieuneffe en doit, Comte, à mes cheueux gris :
Si vous refufez donc vos iours à voftre Prince,
A l'amour du pays, aux vœux de la Prouince,
Que par quelque refpect i'aprenne aux moins de vous
Le fujet de ma crainte & de voftre couroux.
Si c'eft vn different ou d'amour, ou de gloire,
I'en puis eftre l'arbitre, & vous m'en deuez croire;

De cet aueugle enfant i'ay reſſenti les loix,
Et ie n'ay pas ſans fruit vieilly ſous le Harrois :
Si dedans ce combat l'honneur vous intereſſe
C'eſt moy qui vous y porte, & moy qui vous en preſſe,
Vous engageant l'eſtime où i'ay toujours vecu
D'aſſiſter le vainqueur, & plaindre le vaincu,
Et de ne point meſler les drois de la Nature
Parmy voſtre triomphe où voſtre ſepulture.

D. SANCHE.

Auant qu'armer ce bras ie me ſuis combatu
Auec tous les efforts de ma foible vertu,
Et le Ciel m'eſt témoin que pour vne conqueſte
Qui d'vn bandeau Royal deuroit orner ma teſte,
Ie n'aurois pas conceu le funeſte deſſein
Qui nous met auiourd'huy les armes à la main ?
Mon Ennemi m'eſt plus qu'vn trône & qu'vn Empire,
Ie donnerois pour luy le iour que ie reſpire,
Et l'amour qui m'a fait ce noble concurrent
Pouuoit ſeul entre nous former ce different :
Si ie m'oſe expliquer, vous auriez peine à croire
A quel prix mon orgueil veut mettre ma Victoire,
Et vous condamnerez l'ambitieux projet
Que l'amour a formé dans le cœur d'vn ſuiet,
Vous tremblerez au nom de l'obiet que i'adore :
Theodore, mon pere ....

D.　FERNAND.

O Dieu! The . . . . .

D. SANCHE.

Theodore,
Ce charme de cent Rois, ce miracle amoureux,
La parole est lâchée, est l'objet de mes vœux.
Cette presomption a surpris vostre attente!

D. FERNAND.

I'ay lieu d'estre surpris; Theodore! l'Infante

D. SANCHE.

Si vous l'estes si fort, vous auez oublié
Ce que si hautement son pere a publié;
Qu'irrité du refus qu'Alphonse de Castille
Pour gage de la paix auoit fait de sa Fille,
Il fermeroit l'oreille aux autres Potentas,
Et prendroit alliance en ses propres Etas :
S'il est ainsi, quel sang touche plus la Couronne
Que celuy de Moncade, ou celuy de Cardone?
Quels bras meritent mieux d'en estre le soustien
Que celuy de Dom Lope, ou le vostre & le mien?
Enfin laissons l'Empire, & parlons de l'Infante;
I'ay voüé tous mes soins à cette noble attente,

Les

Les charmes de ses yeux bien plus chers que son rãg,
M'ont fait à leur poursuitte exposer tout mon sang;
Et quand d'vn faux espoir ma vanité flattée
Ne doute plus d'attaindre où mes vœux l'ont portee,
Ie treuue par vn sort à cet espo.r fatal,
En mon plus cher Amy, mon plus fascheux Riual.

   Hier, apres qu'vne nuit sans Lune & sãs Etoilles,
Eut caché le Soleil dans ses plus sombres voiles,
Passant sous le Balcon, où cet Astre d'Amour
Peut dés plus noires nuits enclorre vn si beau iour,
Vn homme par hazard trouué sous sa fenestre,
Qu'en cette obscurité ie ne pus reconnestre,
S'en tirant, me heurta, peut-estre sans dessein,
A l'instant, vn peu prompt j'eus l'espee à la main,
Et trop imprudemment poursuiuant sa retraitte,
Payay d'vn coup au bras cette ardeur indiscrette.
Apres quelque deffense où ie l'auois forcé,
J'oy tomber de ses mains le fer qui m'a blessé,
Et le cherchant en vain dans vne nuict si sombre,
Jl m'éuite, s'écarte, & s'égare dans l'ombre :
Me retirant enfin, & treuuant sous mes pas,
Ce fer moüillé du sang qu'il m'a tiré du bras,
Ie l'emporte, & chez moy ie reconnois l'espee,
Qu'en tant d'occasions tant de sang a trempee,
Et qui si glorieuse en son dernier employ,
A si bien soustenu la gloire de son Roy.

C

Enfin ne doutant plus aprés cette auanture
De ce que ie fçauois déja par coniecture,
Et deuant vn effort à cet illuftre Amour,
Qui m'oftaft vn Riual, ou qui m'oftaft le iour,
I'ay tenté ce combat, & crû que la victoire
En mettroit noftre eftime à fa plus haute gloire,
Et que ce que nos bras ont fait de plus fameux
N'egaloit pas l'honneur de vaincre vn de nous deux.

D. LOPE.

Pour vous faire en deux mots lire au fonds de mõ ame,
Et ne rien déguifer d'vne fi belle flame,
Rare honneur de Moncade, & gloire d'Arragon,
Et vous digne heritier, & du fang, & du nom,
Quoy que les yenx diuins, dont le feu me confomme,
Soient des objets trop hauts pour les regars d'vn Iõme,
Que ce foit trop ofer que de deliberer,
Si fans leur faire injure on les peut adorer,
Et que ie tremble enfin au nom de Theodore,
Innocent, ou coupable, il eft vray, ie l'adore.

Hier, cet aueugle Amour ofant guider mes pas,
Vers l'inuincible Amant qu'ont pour moy fes appas,
Et d'abord entendant du bruit fous fa feneftre,
Car dans l'obfcurité ie ne vous pus conneftre;
Mon refpect m'en chaffoit, mais ce refpect fus vain,
Nous eûmes differant, ce fer chut de ma main,

Et la crainte de voir ma flame découuerte,
Me fit à sa recherche en preferer la perte:
Enfin, ce mesme fer par vn destin fatal,
Nous ayant à chacun appris nostre riual,
Malgré nostre amitié que rien ne peut dissoudre;
Nous voici sur le champ, qu'y deuons-nous resoudre?
Si l'on doit rien resoudre en des lieux où l'honneur
Fait arbitres de tout l'adresse & le bonheur.

D. FERNAND.

Si vous auez pour but ces adorables charmes,
Vn si noble interest est digne de vos armes:
Mais quelle confiance osez-vous conceuoir,
Que l'on les authorise & souffre vostre espoir?
Et s'il doit estre vain, quelle aueugle furie
Vous fait sans interest hazarder vostre vie?
Mais peut-estre l'Infante, accessible à vos vœux
Ou souffre l'vn de vous, où vous souffre tous deux;
Pouuans, & l'vn & l'autre esperer de luy plaire,
Pourquoy la priuez-vous du choix qu'elle doit faire?
Où déja l'vn de vous luy plaisant en effect,
La deuez-vous priuer du choix qu'elle en a fait?
Si ce choix entre vous met quelque difference
Au plus heureux des deux souffrez la preference;
Ou si dans son amour son cœur indifferent
Vous en laisse entre vous vuider le different;

Alors tentez le fort, & mettez en vsage
Tout ce que vous auez d'adreffe & de courage.
Mon fang, quoy que glacé, me laiffe affez de cœur
Pour voir voftre combat, & feruir le vainqueur,
Pour eftre voftre Iuge en cette ardeur commune,
Et prendre le party que tiendra la Fortune.

D. LOPE.

Ie me rẽds où Dom Sãche & l'honneur m'õt mãdé,
Je ne doy prendre loy que de fon procedé :
S'il doit quelque refpect aux fentimens d'vn Pere,
S'il y veut deferer, i'y foufcris, i'y defere,
Ou s'il faut à l'inftant en vuider l'intereft,
Mon cœur fe fait effort, mais le bras eft tout preft,
Et mettra tout fon art à garantir d'outrage
Vn cœur où Theodore a graué fon image.

D. SANCHE.

Allons, mon Pere, & vous Riual trop genereux,
Voir fur ce differend ce miracle amoureux ;
Si noftre amour doit plaire ou bien eftre importune,
Confultons noftre heureufe ou mauuaife fortune :
Puis que le Roy l'ordonne, allons à fes genoux
Répandre les aueux qu'elle exige de nous ;
Et fi l'indiference où nous verrons fes charmes,
Nous en laiffent vuider l'intereft par les armes,

Sans plus deliberer immolons sans pitié
Aux droits de nostre amour ceux de nostre amitié.

D. FERNAND.

Lors mes empeschemens n'y mettront plus d'obstacle.

D. LOPE.

Allons, cher ennemy, consulter nostre Oracle,
Et sçauoir quel Arrest reglera nostre sort.
Mais le Prince nous cherche, euitons son abord.

SCENE IV.

LE PRINCE venant d'vn costé, ELISE,
LVCIE de l'autre.

ELISE.

MOn Frere a different, & Dom Sanche l'appelle!
Helas! de qui tiens-tu cette triste nouuelle?

LVCIE.

Toute la Cour en parle, & d'vne & d'autre part
La publiant si haut, la sçauez-vous si tard?

G iij

Voyez, sous quels respects leur haine s'est gardée,
Mais s'ils n'ẽ sont aux mains, l'afaire en est vuidee;
Et si ce bruit encor n'est venu iusqu'à vous,
C'est…

LE PRINCE.

Madame, où dit-on le lieu du randés vous?

ELISE.

Ie ne l'ay point appris, mais, Seigneur, cette peine
Ne vous doit point toucher, puis qu'elle seroit vaine:
Sans de iustes suiets & d'importans desseins,
Deux cœurs si genereux n'ẽ viẽnẽt point aux mains;
Et quelque empeschement que vos soins leur destinẽt
Si leur querelle est iuste, il faut qu'ils la terminẽt.

LE PRINCE.

Vous m'en iugeℤ indigne, insensible beauté,
Vn seruice en mes mains pert cette qualité;
D'vn bras qui voᵒ deplaist vous craignez l'assistãce,
Et quand nous hayssons, qui nous sert nous offence:
Vous fuyez mon secours pour m'en oster l'esppoir;
Vous refuseℤ mes soins pour ne m'en point deuoir,
Et ie voy qu'vn malheur aussi long que ma vie,
Sera l'vnique fruict de vous auoir seruie.

ELISE.

Pour le faire cesser vous devriez m'en punir,
Et chasser son objet de voftre souuenir.

LE PRINCE.

Vos charmes malgré vous conseruent voftre Empire,
Et toutes vos rigueurs ne le sçauroient détruire.

ELISE.

Ie le détruis assez, n'en voulant point vser.

LE PRINCE.

Par l'espoir d'vn plus grand vous le devriez priser.

ELISE.

Vn sceptre à mon égard a peu de priuilege,
Voftre espoir est bien vain s'il n'a point d'autre piege,
Et vous deshonorez les titres absolus
Que voftre amour m'offrant expose à mes refus ;
Car enfin s'il vous faut parler d'vne ame ouuerte,
Rien ne peut d'vn Amant me reparer la perte,
Et tant que durera la course de mes iours
Ses blessures au cœur me saigneront toûjours:
Ne vous flattez point, Prince, vne grande fortune,
Agit auec succez sur vne ame commune;

Mais, & de cet aueu profitez desormais,
La mienne est d'vne force à ne fléchir iamais:
Vous vous pourriez soumettre autant de diadémes,
Qu'il est en l'Vniuers de Puissances suprémes,
Que tout ce grand pouuoir & cette authorité
Ne s'étendroient iamais dessus ma liberté,
Ne vous repaissez point de vaines esperances,
N'attendez rien du temps, rien de vos deferances,
Rien de tous les mépris que vous pouuez souffrir,
Ny rien de tous les vœux que vous pouuez m'offrir,
Theodo- *Ils ne vous produiroient qu'vne inutile attente,*
re sort. *Et qu'vne auersion plus forte & plus constante;*
Elle s'en *Vous estes insensible, ou vous faisant raison*
va super- *Vous deuez oublier de moy iusqu'à mon nom.*
bement.

SCENE V.

THEODORE, CINTHIE, LE PRINCE.

THEODORE.

CEtte Fille, mon Frere, est bien dissimulee,
Ou ie voy vostre attente encor fort reculee.

Et pau

Et par ce qui paroiſt du progrez de vos vœux,
S'il eſt fort auancé vous feignez, bien tous deux.

LE PRINCE.

Vous voyez de quels fruicts ma foibleſſe eſt ſuiuie,
Son extréme rigueur me couſtera la vie;
En vain tous mes penſers s'arment contre ma foy;
I'ay beau deliberer, i'ay beau promettre au Roy,
I'ay beau, ma chere Sœur, me promettre à moy-
   meſme,
Plus ie la veux hayr, plus ie ſens que ie l'ayme;
Quelqu'effort que i'employe, il ne me produit rien;
Et ie ne puis dompter ny mon cœur ny le ſien.

THEODORE.

Ces tranſports ne ſont bons qu'à des ames vulgaires.

LE PRINCE.

Ie delibere aſſez, mais n'execute gueres;
Mais pendãt que l'ardeur d'vn genereux couroux
Tentera cet effort, i'en demande vn de vous:
Que ſi, comme le ſort en regarde peu d'autres,
Dom Lope oſe hauſſer les yeux iuſques aux vôtres,
Vous traittiez ſon amour de la meſme douceur
Que mes ardans tranſports ſont traittez de ſa ſœur.

THEODORE.

Quoy! Prince, vous croyez....

LE PRINCE.

Doutez-vous que vos charmes
Ne soient & le motif & l'objet de leurs armes?
Et le Roy dans sa cour vous cherchant un Epoux
Y peut-il faire choix d'vn plus digne de vous?

THEODORE.

Ie sçay combien Dom Lope a seruy la Couronne,
Mais le puis-je hayr, si le Roy me le donne?

LE PRINCE.

Non, mais par quelques traits d'vne feinte rigueur
Luy faire auprez de vous besoin de ma faueur,
Et feindre pour Dom Sanche vn peu plus de tendresse;
Voftre sexe en cet art ne manque pas d'adresse?

THEODORE.

Je ne vous cele point que vous m'embarassez;
Mais vous me l'ordonnez, mon Frere, & c'est assez.

LE PRINCE s'en allant.

Ils vous cherchent, Adieu.

SCENE VI.

D. SANCHE, D. LOPE, THEODORE, CYNTHIE.

D. SANCHE.

M*Adame.*

D. LOPE.

Ma Princesse.

D. SANCHE.

Qui vous retient la voix?

D. LOPE.

Mon respect vous la laisse.

D. SANCHE.

Ce respect vous est dû s'il se doit obseruer.

D. LOPE.

Vous auez commencé, c'est à vous d'acheuer.

D. SANCHE.

D'autres respects encor me forcent au silence.

H ij

D. LOPE.

Ils exercent sur moy la même violence.

D. SANCHE.

Madame, obligez-le...

D. LOPE.

Madame, ordonnez-luy.

THEODORE.

Quoy! toujours si vaillans vous trêblés auiourd'huy?
Portay-je dans les yeux des traits si redoutables,
Qu'ils iettent la frayeur en des cœurs indomptables?

D. SANCHE.

Ouy, Madame, & la guerre en ses pl° grãds haz̃ars
Est moins à redouter qu'vn seul de vos regars;
Aussi confessons-nous que iamais le tonnerre
Pour vn plus haut orgueil n'a menacé la terre;
Que celuy, dont l'adueu que le Roy veut de nous,
Interdits & tremblans nous iette a vos genoux.
L'obiet de nos trauaux & de nostre vaillance,
N'étoit, Grãde Princesse, Albe, Alfachs ny Valãce
Vn bien plus noble espoir nous auoit animez,
C'estoit pour ces beaux yeux que nous estions armés;

C'eſtoit pour voſtre gloire, & pour voſtre conqueſte
Que ce cœur & ce bras hazardoient cette teſte;
Et pour le meſme obiet, Dom Lope a ſurpaſſé
Tout ce qu'à veu ſon Siecle, & qui l'a deuancé.
  Dans la noirceur de l'ombre, hier ſous voſtre fe-
        neſtre,
Noſtre commune ardeur commença de paroiſtre,
Et s'oſant diſputer vn ſi riche threſor,
Il m'en couta du ſang dont ce bras ſeigne encor.
Et ſur le point enfin d'en vuider la querelle,
Par vn tragique effet d'vne cauſe ſi belle,
Nous auons eſtimé deuoir par voſtre Arreſt
Terminer vn ſi cher & ſi noble intereſt;
Et ſuiuant les conſeils qu'apres nous deurons ſuiure,
En prendre le deſſein de mourir ou de viure.
Ah Comte à quel efforts m'auez-vous obligé?

CYNTHIE.

Leur choix n'a point trompé, le Roy l'a bien iugé.

THEODORE.

Apres & l'agrément & l'aueu de mon Pere,
Celuy que ie reçoy ne me ſçauroit deplaire,
Ie puis en faire eſtat ſans bleſſer mon deuoir,
Et ne repugne point à ſouffrir voſtre eſpoir:
Mais ſans vn autre aueu mon amour n'oſe naiſtre,

Mon cœur se declarer, ny mon choix vous paroistre;
Mon empire estant libre establira ses loix,
Mais i'attendray du Roy la liberté du choix.
Cependant i'ay regret, Comte, qu'vne auanture
Où i'ay tant d'interest, vous couste vne blessure.
Vne Echarpe est bien deuë au seruice d'vn bras,
A qui l'on a cousté du sang & des combats.
Tenez, Dom Sanche,

Elle don-
ne vne
Echarpe
à Dom
Sanche.

D. SANCHE.

O Ciel! quel sang, Grande Princesse,
Vous peut-on à ce prix donner sans allegresse?

D. LOPE à part.

O faueur! ó present à mon esprit fatal!
L'infidele à mes yeux obliger mon Riual!
Et m'auoir abusé d'vne si vaine attente!
O sexe dangereux, & Princesse inconstante!

THEODORE.

Remenez-moy, Dom Lope, adieu Comte.

D. LOPE.

O mon cœur!
Cessons de murmurer apres cette faueur:
Ie me suis plaint trop tost, sa main auec vsure

Du present qu'elle a fait me repare l'iniure.   Ils sortent.

D. SANCHE seul.

Ie crain qu'on ne me ioüe, & que ma vanité
De l'honneur de ses vœux ne m'ait trop tost flaté.
Quel biᴢarre destin peut faire qu'en mesme heure
Et presque en mesme instãt vn espoir naisse & meure?
Le present d'vne Echarpe à tort m'a fait si vain,
Et l'on promet bien plus quand on donne la main.
Enfin plus ie t'écoute, ô raison importune,
Et moins i'ose esperer de ma bonne fortune.
Il faut vaincre ou mourir en vn dessein si beau,
Et l'amour doit m'ouurir son cœur ou le tombeau.

Fin du troisiesme Acte.

ACTE IV.

SCENE PREMIERE.

D. LOPE, ELISE, LVCIE.

ELISE.

NON, non, ie ne hay pas l'éclat d'vne cou-
  ronne,
Mais ie ne puis souffrir la main qui me la
  donne;
Elle a mis tous mes vœux dedans le monumant,
Elle degoute encor du sang de mon Amant ;
Et tout ce que l'Europe a de pouuoirs suprémes,
Et toute la splendeur qu'en ont les diadémes,
N'auront iamais, mon Frere, assez d'éclat pour moy
Pour tarir ny secher les pleurs que ie luy doy.

D. LOPE.

D. LOPE.

Mais ces larmes, ma Sœur, deſtruiſent vne attête
Qui m'approche du Throſne, & me promet l'Infante,
Voſtre ſeule rigueur m'en retarde l'Arreſt;
Si vous n'aimez le Prince, aimez mon intereſt.

ELISE.

Quelques preſſans deuoirs où le ſang m'intereſſe,
En cette occaſion pardonnez ma foibleſſe,
Ie ferois tout pour vous iuſqu'à perdre le iour,
Hors de l'aller prier, & ſouffrir ſon amour.
Ie vous verrois ſans ioye ou regir la Prouince,
Ou iouyr des douceurs que vous tiendriés du Prince.
*   Ce redoutable bras dont vous auez ſeruy*
Ce cœur, depuis trois ans à l'Infante aſſeruy,
Et ce ſang tant de fois verſé pour ſa querelle,
N'ont-ils rien fait pour vous, ayant tant fait
*   pour elle ?*
Et ſi le Roy luy cherche vn Epoux dans ſa Cour,
Peut-il ietter les yeux que deſſus voſtre amour?
Ie ſçay qu'auec plaiſir l'Infante vous eſcoute,
Qu'entre vous & Dom Sanche, elle n'eſt point en
*   doute;*
Et que l'eſlection qu'ont faite ſes appas,
Differe à s'expliquer, mais ne balance pas.

I

Complaifante à fon Frere, elle vous le fait craindre,
Mais croyez qu'en fon ame elle a peine de feindre,
Qu'il fait contre fes vœux des efforts fuperflus ,
Et ne m'obligez point à vous en dire plus.

D. LOPE.

Vous auez peu de cœur, & i'en voy peu de preuue,
Si dedans voftre fein le Prince ne le treuue;
Et fi vous ne mettez dedans voftre maifon
Par vn fi grand hymen le Sceptre d'Arragon.

ELISE.

Ie prouue mieux mon cœur en defdaignant vn
*　　Prince,*
Que vous ne l'auez fait gaignant vne Prouince:
Ne mettez point en nous tant d'inegalité ,
Et ne difputons point de generofité.
Ce vous eft de mon cœur vne affez digne preuue,
Que iamais dans mon fein le Prince ne le treuue,
Et ne contracte point dedans noftre maifon
Vn hymen que i'abhorre auec trop de raifon.

D. LOPE.

O Fille , indigne fang des glorieux Anceftres
Dont la race à l'Efpagne a tant donné de Maiftres!

ELISE.

La Guerre & ses fureurs vous ont elles appris
A traitter vne Sœur auec tant de mespris?

D. LOPE.

La Cour & ses douceurs vous ont elles instruitte
A d'ingrattes rigueurs d'vne si longue suitte?

ELISE.

Comte, insensiblement i'aigry vostre couroux;
Adieu, c'est trop combatre vn guerrier tel que vous,
Qui tout boüillant encor d'vne grande victoire,
A combatre vne Sœur doit treuuer peu de gloire. *Elle sort auec Lucie.*

D. LOPE seul.

De qui peux-tu, ma flame, implorer la faueur?
Si ie tente sans fruict le secours d'vne Sœur,
Et si d'vne response & si nuë & si franche,
Elle peut reietter.... Mais que me veut Dom
    Sanche?
Le front n'en marque pas vn esprit satisfait.

SCENE II.

D. SANCHE, D. LOPE.

D. SANCHE.

A Vez-vous bië receu l'accueil qu'on nous a fait?
Comte, ce terme pris pour nous ouvrir son ame
Eſt-il bien compatible auecque voſtre flame ?
Et pouuons-nous treuuer dedans ce traittement
A nos communs deſirs quelque éclairciſſement?

D. LOPE.

C'eſt beaucoup, cher Amy, que d'vn objet ſi rare
En faueur de nos vœux la bonté ſe declare,
Et laiſſe du bonheur qu'obtiendra l'vn de Nous
Tous les Roys de l'Europe enuieux ou ialoux :
Mais dans ſon cœur encor mon Amour ne voit
    goute,
Son accueil partagé partage encor mon doute,
Et ie ne puis aſſeoir de iugement certain
Sur le don d'vne Echarpe ou celuy de ſa main.
La Raiſon de ce choix deuant eſtre l'arbitre,

Vous en serieʒ l'obiet à bien plus iuste tiltre:
L'Infante de vos vœux ne pourroit s'excuser,
Mais l'Amour est aueugle & se peut abuser.

D. SANCHE.

Il vous prefereroit, s'il vous faisoit iustice;
Mais comme il ne voit goute, il fait tout par ca-
*   price,*
Et dans l'obscurité qu'il laisse à nostre espoir,
Sur ce doute commun ie reuenois vous voir:
C'est la condition, Comte, de nostre tréve,
Que ce doute restant nostre combat s'acheue.
Le cœur de Theodore encor indiferent,
Nous laisse en liberté vuider ce different:
Il faut pour cet hymen vne grande victime,
Et nous ne pouuons mieux meriter son estime,
Ny moins douteusement nous asseurer son cœur,
Que si de l'vn de nous l'autre reste vainqueur.

D. LOPE.

L'attente est importune, & mésme ardeur me presse.

D. SANCHE.

Voyons donc.

·DOM LOPE.

Mais du Roy la deffence est expresse.

Et daignant pour ſa fille authoriſer nos vœux,
Et nous laiſſer l'eſpoir qu'il nous ſouffre à tous deux,
Vous ſçauez …

D SANCHE.

Ouy, ie ſçay qu'il a proſcrit la teſte,
Qui commettroit au bras l'heur de cette conqueſte;
Il remet à l'Infante à vuider ce debat,
Et d'vn empire exprez nous deffend le combat.
Mais …

D. LOPE.

Mais ignorons nous en ce boüillant caprice
Auec quelle rigueur procede ſa juſtice ?
Qui marchant touſiours droitte, touſiours égalemĕt,
N'a iamais menacé, ny promis vainement ?
Deuõs-nous, quelque ardeur dont l'amour noꝰ cõuie,
Expoſer noſtre amour auecque noſtre vie ?
Quel ſera le ſuccez que noſtre amour pretend,
Si du champ du combat l'Echaffaut nous attend?
Sa deffence…

D. SANCHE.

Où l'Honneur & l'Amour s'intereſſẽt
Toutes loix, tous reſpects, toutes deffences ceſſent.
Quand la fureur du Roy ſeroit à redouter,

Ce que nous pourſuiuons nous peut-il trop coûter ?
Et ne vaut-il pas mieux que noſtre amour s'exprime
Par vn ſi beau peril, & par vn ſi beau crime,
Qui de nos ſentimens marque toute l'ardeur
Que par vn mol reſpect qui ſente ſa froideur ?
Mais ce que font les Rois pour imprimer des craintes,
Ces deffenſes ſouuent veulent bien eſtre enfraintes,
Et par raiſon d'Etat contre de tels combas
Ils ordonnent ſouuent ce qu'ils n'approuuent pas.
Quand cent Raiſons enfin feroient à ſa iuſtice,
De cet excez d'amour reſoudre le ſuplice,
Ses propres intereſts forceroient ſon couroux ;
La Princeſſe, l'Etat, tous parleroit pour nous ;
De trop recents trauaux laiſſent en ſa memoire
Voſtre dernier trophee, & ma derniere gloire,
Pour laiſſer immoler aux rigueurs de ſes loix
Vn ſang pour ſon ſeruice expoſé tant de fois :
Il en ſçait les ardeurs, il en connoit la flame ;
Et s'il vous faut enfin ouurir toute mon ame,
La main, qu'en me laiſſant on vous donne à mes yeux,
A rendu mon amour aſſez capricieux
Pour ne pouuoir languir entre ſon eſperance,
Et la crainte qu'il a de voſtre preference :
I'ay fait ce que i'ay pû pour me guerir d'vn mal
De qui la gueriſon vous oſtaſt vn Riual ;
Mais plus ie le combas & plus il me poſſede,

Cet aimable tourment s'accroist par son remede,
Et ie conneis qu'il faut aprés ces vains combas,
Malgré moy le souffrir pour ne l'accroistre pas.

D. LOPE.

Si trois ans de langueurs, d'amoureux sacrifices,
De perils, de trauaux, de respects, de seruices,
Et d'un dessein si haut, & si bien estably
Pouuoient de sa beauté me permettre l'oubly ;
Déja nostre amitié m'auroit osté l'idée,
Que d'un si cher objet i'ay si long-temps gardee :
Mais à ce seul penser mon courage abbatu,
Se trouble, se confond, sans faillir de vertu ;
Et solliciteroit ma main contre moy-mesme,
Auant que de passer à cet effort extréme :
De la vostre, Dom Sanche, éprouuons donc l'effort,
Elle ne peut tuer que d'une belle mort ;
Elle s'est fait priser dedans tant d'auantures
Que les coups m'en feront d'honorables blessures.

D. SANCHE.

Par le sang que déia la vostre m'a tiré
Vn succez tout contraire en doit estre auguré ;
Mais le sort & l'Amour en regleront l'issuë ;
Le Prince vient, sortons, éuitons-en la veuë ;

Allons

Allons faire à sa Sœur connoistre son pouuoir,
Et d'vn noble peril tirer vn noble espoir.

SCENE III.

LE PRINCE, OCTAVE.

LE PRINCE.

TV vois, aux mouuemens dont mon amour ex-
    tréme,
Presse mon desespoir d'agir contre moy-mesme,
Que tout secours m'est vain, & qu'il n'est plus saison
D'accorder mon esprit auecque ma raison;
Qu'il faut estre d'amour la funeste victime,
Et subir des Destins l'Arrest illegitime :
Voy qu'insensiblement sans espoir d'aucun fruit,
Ie me laisse trainer où mon feu me conduit.
Voila sa porte, frappe, & fay sortir Lucie.

OCTAVE bas.

Quelle erreur, s'il pretend voir Elise adoucie!
Mais ne tesmoignons rien qui me rende suspect.

K

LE PRINCE.

Frappe auec moins de bruit.

OCTAVE.

O le lasche respect!

SCENE IV.

LVCIE, LE PRINCE, OCTAVE.

LVCIE.

Qv'est-ce, Seigneur? ô Ciel! quelle est vostre foiblesse?

LE PRINCE.

Procure moy, Lucie, vn mot de ta Maistresse.

LVCIE.

Vous connoissez l'ingrate, & vous sçauez…

LE PRINCE.

Va tost.

Ne t'en excuse point, ie ne luy veux qu'vn mot. *Lucie*
  Quelle stupide crainte à sa porte m'attache!   *rentre.*
Il le faut auoüer, vn Amant est bien lasche!
Il faut pour bien aymer vn cœur b en abbatu!
I'exerce en ce respect vne folle vertu!
Et...

LVCIE reuenant.

  I'en preuoyois bien cette ingratte réponce,
Auecque déplaisir, Seigneur, ie vous l'anonce:
L'insensible, d'vn air vain & plain de fierté,
S'excuse de vous voir sur vn mal de costé,
Qui, si i'en puis iuger, ne l'incommode guiere.

LE PRINCE.

L'interest qui m'ameine est celuy de son Frere;
Lucie, encor vn coup au nom de cet Amour,
Dont la fatale ardeur me coustera le iour,
Fay que tant de rigueur pour vn moment s'appaise,
Ie ne l'entretiendray de rien qui luy desplaise;
Ie luy veux seulement offrir prés de ma Seur
Pour l'interest du Comte & mes soins & mon cœur.

LVCIE rentrant.

Ie retourne tenter cette humeur indocile,
Mais ie n'espere pas de la voir plus facile.
                                    K ij

LE PRINCE.

Iuſtes reſſentimens, tous preſts de m'emporter,
Mouuemens, qui preſſez ma fureur d'éclatter,
Tentons auparauant tout le reſpect poſſible,
Et ſouffrons iuſqu'au bout de cette ame inuincible.
Tel effort, dont parfois on ne s'eſt rien promis,
A des ſuccez heureux, & vainc des ennemis.
Et bien?

L *ucie*
reuient.

LVCIE reuenant,

Entreprenez vne roche, vne ſouche,
Pluſtoſt que d'eſperer vn bon mot de ſa bouche;
Pour toute courtoiſie elle m'a reparty
Qu'elle eſt incommodée, & Dom Lope ſorty:
C'eſt vn eſprit étrange, & vous eſtes à plaindre.

LE PRINCE.

Ah! c'eſt trop de foibleſſe, & c'eſt trop me côtraindre!
Meſpriſons cette ingratte. apres tant de meſpris,
Et reſſens-toy, mon ſang, du ſein où ie t'ay pris.

SCENE V.

ELISE sur sa porte, LE PRINCE, LVCIE.

LE PRINCE.

ET bien, superbe, & bien, il faut reprendre vne
    Ame,
Sur qui vous exerciez vn empire de flame,
Que vous deuiez au sort plus qu'à vostre beauté,
Et qui n'estoit à vous que par ma lascheté;
Il faut rentrer au rang où le Ciel m'a fait naistre,
De vostre Esclaue il faut deuenir vostre Maistre,
Et n'obeyssant plus qu'aux loix de la raison,
Du mal que vous feignez tirer ma guerison.
I'ay, contre l'Ascendant sous qui vous estes née,
Voulu prester la main à vostre destinée,
Et pour vous esleuer en vn rang glorieux
Essayé de forcer l'influence des Cieux;
Mais ie voy bien qu'en vain tout nostre effort
    s'obstine,
A corrompre l'instinct où la naissance incline,
Sa force nous entraine, on ne peut la dompter;
Né pour ramper par terre, on repugne à monter.

K iij

Faites vn grand trophée, & rendez-vous insigne
Par le mépris des vœux dont vous n'estes pas digne:
On portera bien haut ce mespris effronté,
Et vous auez grand lieu d'en faire vanité!
Vos yeux vous soúmettrõt assez d'autres Prouinces,
Tous les iours à vos pieds ils abbatrõt des Princes,
Des Roys & des Estats ont les moindres butins,
Et de toute l'Europe ils feront les Destins!
O ridicule orgueil, & vanité friuole!
On est souuent de soy l'Idolatre & l'Idole,
Et tels s'osent flatter de l'espoir d'vn grand bien,
Et conçoiuent beaucoup qui ne produisent rien.

ELISE.

Vous joüez vn indigne & lasche personnage,
Prince, à quoy tant de bruit? suiuez vostre courage,
Dans ce iuste courroux treuuez vostre repos,
Et ne perdez point tant d'inutiles propos,

LVCIE s'en allant.

Dieu!

LE PRINCE.

Je ne les perds pas, s'ils peuuët vous deplaire,
La raison me les dicte & non pas la colere,
Et toutes vos faueurs ne rapprocheroient pas,
Ce cœur qui se derobe à vos foibles appas.

I'ay fait des laschetez, vous en auez fait gloire,
Vous m'auez deffendu iusqu'à vostre memoire;
Je n'ay plus de deuoirs à vous sacrifier,
Ie vous obeyray iusqu'à vous oublier;
Iusqu'à ne vous souffrir ny vous, ny vostre Frere,
Que pour le desseruir, & vous estre contraire,
Que pour vous detester, & de tout mon effort
Mettre vos iours en butte à tous les traits du sort.
Dom Lope est seulement ce que ie l'ay fait estre,
Les moyens s'offriront, où ie les feray naistre,
De le mettre aussi bas que i'ay sceu l'esleuer,
Et destruire vn Destin que i'allois acheuer.

OCTAVE.

I'ay bien peine à vous croire, & l'Amãt qui menace
Tout en iniuriant est prest à faire grace;
Le temps....

LE PRINCE.

Ne me croy pas sorty du sang du Roy,
Si tu me vois iamais rengager sous sa loy.

OCTAVE.

Vous vous affranchiriez d'vne triste auanture.
LE PRINCE.
J'en tiendray le serment iusqu'à la sepulture,

Et si ie n'accomply ce que ie te promets;
Si dans mon souuenir Elise entre iamais;
Si ie voy plus Elise, & si iamais Elise
Auec tout son orgueil a droit sur ma franchise,
Apres tant de mespris indignement soufferts,
Puisse vne infame main m'affranchir de ses fers,
Et sur vn Echaffaut faisant tomber ma teste;
A sa presomption derober ma conqueste.
Si l'on veut m'obliger, que dans tout l'Arragon
On supprime d'Elise & l'idée & le nom;
Qu'aucun ne me la nomme, & sur tout ne s'auise
De me tenir au rang des Pretendans d'Elise:
Elise, cet objet autrefois mon vainqueur,
Me blesse autant les yeux qu'elle blessoit mon cœur,
I'abhorrerois Elise à tous mes vœux soumise;
Le Ciel par sa bonté me preserue d'Elise!

OCTAVE.

Quoy! tant nommer Elise, & detester sa loy!

LE PRINCE.

Ie mets par ce moyen toute Elise hors de moy:
La chasse d'vne place iniustement acquise,
Et de mon souuenir efface toute Elise:
Ie renonce aux Estats dont ie dois heriter,
S'il m'en souuient iamais que pour la detester.

OCTAVE

OCTAVE.

Sois beny, iuste Ciel, dequoy cette Prouince,
Dans le Fils de son Roy retrouue enfin son Prince!
Cette ingrate en effet a-t'elle des appas,
A meriter qu'vn Prince...

LE PRINCE.

Attends, n'acheue pas.
Quoy que des qualitez si dignes de ma haine
Me fassent auec droict hayr cette inhumaine,
Et que trop de raison m'oblige à m'en vanger,
Ie reserue à moy seul le droict de l'outrager;
Et ne doy, ny ne puis dedans toute autre bouche
Souffrir sans lascheté d'iniure qui la touche.

SCENE VI.

THEODORE, CYNTHIE, LE PRINCE, OCTAVE.

THEODORE.

ET bien, sur cet amour qui vous trauailloit tant,
Mon frere, auez-vo° fait vn progrez, importāt
Et viendrez-vous à bout ou de vous ou d'Elise?

L

LE PRINCE.

Ie vay vous témoigner combien ie la mesprise,
Puis que le prix, ma Sœur, que ie pretends du Roy,
Pour cet heureux combat que ie gagne sur moy,
Est le bannissement d'Elise & de son Frere.

THEODORE.

Ciel!

LE PRINCE.

Et tout à l'instant, s'il me veut satisfaire.
Vous en estes en peine! en voila le progreʒ.

THEODORE.

Souuent qui presse trop se produit des regrets,
Consultez-vous vn peu.

LE PRINCE s'en allant.

L'affaire en est concluë.

SCENE VII.

THEODORE, CYNTHIE.

THEODORE.

ET ma mort donc, Cynthie, est aussi resolue.

CYNTHIE.

Comment?

THEODORE.

Si l'on bannit Dom Lope de la Cour,
N'est-ce pas m'oter l'ame, & me bannir du iour?
Helas!

CYNTHIE.

I'ay bien en vous reconnu quelque estime,
Et quelques agrémens pour ce cœur magnanime;
Mais d'auoir crû qu'Amour vous tint en ces liens...

THEODORE.

Et qu'est-ce donc qu'Amour dãs le rang que ie tiẽs?
Par quels termes veux tu que nostre cœur s'exprime,
Que par ceux d'agrémens, de loüange & d'estime?

Veux-tu que par des vœux & des abaissemens
Une fille de Roy s'explique à ses Amans?
Dans mon sexe & mon rang ose-t'on dire i'ayme?
Et la bouche & le cœur y parlent-ils de méme?
Ah! que depuis trois ans qu'à ce cœur genereux
Ma veritable ardeur souffre vn espoir douteux.
Ce feu que ie nourris, & que ie dissimule
Pour estre trop couuert sensiblement me brusle!
Ouy, ie l'ayme, Cynthie, ouy ie l'ayme, & ma foy
N'a demandé du temps pour s'expliquer au Roy,
Qu'à dessein de seruir mon Frere aupres d'Elise,
Et que pour destourner d'vne seconde prise
Ces cœurs impatiens, ces Riuaux genereux,
Encore tous boüillans de l'espoir de mes vœux:
Car tu sçais que le Roy, craignât que leur querelle...

SCENE VIII.

D. LOPE en desordre, THEODORE, CYNTHIE.

DOM LOPE.

D*Om Sanche est mort, Madame.*

THEODORE.

O funeste nouuelle!

Dom Sanche est mort, cruel! & sans ressentiment
Tu m'oses annoncer la perte d'vn Amant!
Et ce coup en ces lieux peut souffrir ta presence!

D. LOPE.

Ie ne vous en ay pû derober la vengeance,
Et puis que vostre choix paroist par ce regret,
Ce fer...

Tirant son
espée.

THEODORE.

Attend, cruel, tu prends mal mon secret.
Cet Amant que ie plains par ce regret extréme;
Cet Amant que ie perds, barbare, c'est toy-méme,
Sçais-tu pas...

D. LOPE.

Ouy, ie sçay la deffence du Roy,
Qu'vn mot est en sa bouche vne immuable loy;
Et qu'à l'auoir enfrainte il y va de ma teste:
Mais ie meurs trop heureux apres vostre conquéte.
Quelque euident peril que ie coure en ces lieux,
Ie ne puis trop payer cet aueu glorieux.

THEODORE.

Pourquoy remettre au sort de ce combat funeste
La conqueste d'vn cœur qu'en vain on te conteste?

Combien depuis trois ans mes yeux & mes soupirs
Ont-ils dû clairement t'expliquer mes desirs?
Mais il n'est pas saison que ie t'en entretienne,
Va-t'en, sauue ma vie en conseruant la tienne,
Va, ne t'expose pas aux premiers mouuemens
Que le Roy peut permettre à ses ressentimens.
En ses plus fauoris il veut que sa puissance
Rencontre du respect & de l'obeyssance :
Ta teste aupres de luy n'est pas en seureté.
Ie connoy sa justice & sa seuerité,
Attends que sa fureur soit vn peu dissipée.
Va, le temps & mes pleurs...

SCENE IX.

LE ROY, GARDES, D. LOPE, THEODORE.

LE ROY.

COmte, rendez l'espee.

D. LOPE.

J'obeis.

THEODORE.

O combat funeste à mes souhais !
LE ROY.
Gardes, conduisez-le dans la Tour du Palais.

D. LOPE.

I'ay vainement, Grand Roy, combatu la licence
Qui nous a fait armer contre voftre deffence,
Mon refpect a tenté des efforts fuperflus;
Dom Sanche abfolument...

LE ROY.

       Ie ne vous entends plus.
Allez, & feulement difpofeZ voftre tefte
A l'exemple qu'en vous ma iuftice s'apprefte.

THEODORE.

Seigneur...

LE ROY.

       Et vous, pour qui cent Roys ont foufpiré,
Faites choix d'vn Amant dont ie fois reueré,
Et teneZ-en l'amour & la foy pour fufpecte,
S'il ne fçait m'obeyr, & s'il ne me refpecte.   Il s'en va.

THEODORE feule.

Helas! fi de ce choix on fruftre mon defir,
Je n'ay plus ny d'amour ny d'Amant à choifir.

Fin du quatriefme Acte.

ACTE V.

SCENE PREMIERE.

D. LOPE, ELISE.

D. LOPE en la chambre où il est arresté.

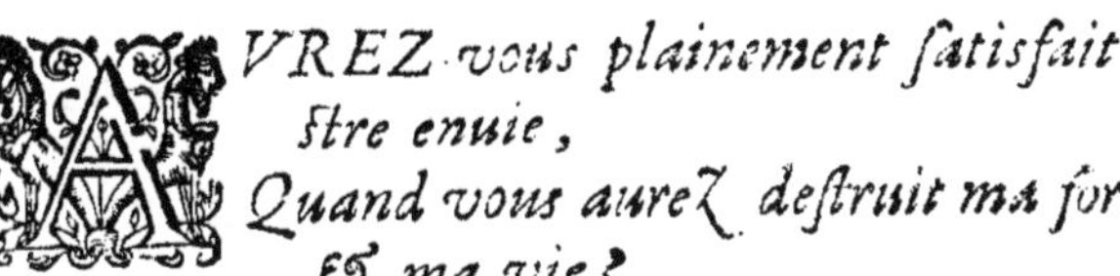

VREZ vous plainement satisfait vo-
  stre enuie,
Quand vous aurez destruit ma fortune
  & ma vie?
L'vne & l'autre, ma Sœur, sont prestes d'ex-
  pirer,
Je n'esperois qu'en vous, ie n'ay plus qu'esperer;
Elles ne valent pas vn mot, vne priere,
Vous feriez violence à vostre humeur altiere,
Et pour vous obliger à ce sensible effort,
Il vous faut vn subiet plus pressant que ma mort.

ELISE

ELISE.

Quãd vous me reprochez, que du sang qui m'anime
Ie ressens trop la force, & soustiens trop l'estime,
Ie ne vous conçoy plus dans cet illustre rang,
Où vous portiez si haut l'honneur du méme sang:
Et vous treuuãt vous-méme à vous-méme côtraire,
En mon Frere auiourd'huy ne connoy plus mon Frere.
Vn si vaillant Guerrier que vous l'auez esté,
Peut-il rien souhaitter par vne lascheté?
Vn si genereux Frere, & du sang de Cardone,
Peut-il rien accepter que l'honneur ne luy donne?
Et vous voulez tenir & l'Infante & le iour
D'vne lasche foiblesse & d'vn honteux amour?
Vous m'appellez ingrate, orgueilleuse, inhumaine,
Si ie ne me soumets à l'obiet de ma haine,
Et n'immole à ses vœux tout le ressentiment
Que me laissent l'amour & la mort d'vn Amant.
J'embrasserois la mort auec plus d'allegresse
Que ie ne commettrois cette indigne foiblesse.
Ie doy tout & puis tout pour le nœud qui nº ioint,
Mais pour des laschetez ne m'en demandez point.
On n'execute pas tousiours comme on menace,
On condamne parfois afin de faire grace:
Vos seruices du Roy fléchiront le courroux;
Les rebelles vaincus luy parleront pour vous.

M

Il vous doit conseruer s'il ne veut se destruire ,
Ou d'vne rude atteinte ébranler son Empire.
Si le Prince me tient pour vn obiet d'horreur,
S'il me hayt en effet , i'aigrirois sa fureur;
S'il m'ayme , il doit pouruoir où cet amour l'inuite,
Et s'employer pour vous sans qu'on l'en sollicite.
Ainsi ie ne ferois que perdre vn lasche soin ,
Puis que ie le prierois sans fruit ou sans besoin.

D. LOPE.

Bien , laissez-moy mourir, croyez vostre courage.

ELISE.

Mourant , ie vous suiuray , ie ne puis dauantage.
Celuy, dont sur mon cœur l'amour fut impuissant,
Et que ie n'ay pû voir soumis ny languissant,
Sans vne auersion pour luy si violente
Ne me verra iamais à ses pieds suppliante:
Et ie conserueray cette noble fierté,
Qui ne luy pût sur moy souffrir d'authorité :
Forcez cette foiblesse, elle vous seroit vaine.

SCENE II.

LE ROY, GARDES, D. LOPE, ELISE.

DOM LOPE.

QVelle bonté, Seigneur, en ce lieu vous amene?
Vous, voir vn criminel! Vous, dedãs ma prison!

LE ROY.

Ie plains vostre malheur, Comte, & i'en ay raison,
A vostre seul renom toute l'Europe tremble,
Il fait plus pour l'Estat que tout l'Estat ensemble.
Par vo' l'Espagne est calme, & le More auiourd'hui
Respecte vn Souuerain dont vous estes l'appuy:
La preuue de valeur que vous auez renduë,
A reduit vne Ville à dementir sa veuë:
Pour ce qu'a fait ce bras en ce celebre employ,
La plus credule oreille à peine a de la foy;
Vous me rendeZ Valance, & par cette conqueste
Ma Couronne ébranlée est encor sur ma teste;
Ie vous en doy le prix, vous l'aueZ demandé:
C'est mon sang, c'est ma Fille, il vous est accordé,
Ouy, Theodore est vostre, & ma reconnoissance
N'a contre cet hymen excuse ny deffence,
Et ie veux qu'à l'instãt vous vous dõniés les mains.

D. LOPE.

Moy, Seigneur!

ELISE.

O Monarque, honneur des Souuerains !

LE ROY.

Ouy, vous, mais de ce prix payant vostre conquéte,
A ma justice auss vous deuez vostre teste.
Et vous n'auez pas dû perdre le souuenir,
Qu'aussi bien qu'à payer ie suis iuste à punir.
Vous sçauiez mon serment; vos desobeyssances
Ont sans le respecter violé mes deffences ;
Les soins & les deuoirs rendus à mes Estats,
Du respect de mes loix ne vous dispensent pas.
Je sçay que vostre cheute esbranle ma Couronne ;
I'en perds en vous perdant la plus ferme colomne,
Je me prise d'vn Gendre, & perds en luy l'espoir
De voir, où l'on m'ignore, estendre mon pouuoir :
I'ay plus de part que vous dedans vostre suplice ;
Mais contre son sang propre vn Roy doit la iustice.
Quand l'Infante deuoit regler vostre debat,
Contre mon ordre exprez vous rendez vn combat ;
Vous croyez qu'il suffit pour mespriser son Prince
D'auoir accru sa gloire & sauué sa Prouince :
Non, non ie suis Roy, Comte, & ce combat fatal
Attaquoit mon pouuoir plus que vostre Riual.

Ie ne puis balancer au chaſtiment d'vn crime
Où mon authorité voit bleſſer ſon eſtime;
Et mon regne eſt iniuſte, & i'y doy renoncer
Si ie ne ſçay punir comme recompenſer :
Dom Sanche, comme au crime auroit part au ſuplice,
Si ſa mort ne l'auoit ſouſtrait à ma iuſtice;
Ainſi de mon arreſt euitant la rigueur
La défaite eſt plus douce au vaincu qu'au vainqueur.

D. LOPE.

Si les loix de l'honneur, Sire, en cette occurrence
Sur celles de l'Eſtat n'ont point de preference,
Si l'appel de Dom Sanche, & ſes empreſſemens,
Enfin ſi de ialoux & nobles mouuemens
Pour le plus digne objet que l'Vniuers eſtime,
Ne ſont dignes de grace, & n'excuſent mon crime,
I'attens auec reſpect l'arreſt que vous rendrez,
Et porteray ma teſte où vous l'ordonnerez.

LE ROY.

Deſſus vn eſchaffaut, Comte, on vous le prepare.

ELISE.

O ſeuere iuſtice, & vertu trop barbare!
Des iours ſi glorieux que vous voulez rauir
Refroidiront, Seigneur, l'ardeur de vous ſeruir ?

Quoy ! le iour d'vn hymen , le iour qu'à sa victoire
On doit des Echaffaux de triomphe & de gloire ,
Tous brillans de la pompe où l'éleue le sort ,
Vn Bourreau par voste ordre en dresseun pour sa mort !
Et doit de son vangeur priuer voste Prouince !

LE ROY.

Ie n'ay point condamné vos rigueurs pour le Prince ;
I'ay crû que vous pouuiez au meurtrier d'vn Amant
Faire sans iniustice vn si dur traitement !
Souffrez-moy l'equité que i'ayme où ie la treuue ,
Et que contre mon sang en vous-mesme i'appreuue ;
Qui presant , & si cher ne m'a pas respecté ,
Et ne defere pas à mon authorité ,
Eloigné de ma veuë a dedans sa victoire ,
Plus que mon interest consideré sa gloire ;
Qui sujet seulement m'a pû desobeyr
Gendre vn iour, se pourroit resoudre à me trahir ;
Et par ce rang illustre acquis dans ma Famille
Aspirer à mon thrône aussi bien qu'à ma Fille ;
Ie protege l'Estat contre son Deffenseur,
Et dedans son appuy ie crain son rauisseur.

D. LOPE.

Si de cet attentat mon Roy me croit capable
Qu'on me meine à la mort, Gardes, ie suis coupable ;

Ie garde trop long-temps le sang que ie luy doy,
Vn bon sujet doit tout au repos de son Roy,
Ie deis à ce soupçon ma teste en sacrifice:
Mon propre bras, grand Prince, en fera-t'il l'office?
Fera-il choir aux pieds de vostre Majesté
Cette victime duë à voftre seureté?
Par vn frequent vsage où ses emplois l'instruisent,
Il sçait bien mettre à bas les testes qui vous nuisent;
Vous n'auez rien hay qu'il n'ait bien sceu ranger,
Il ne pardonne point quand il faut vous vanger.

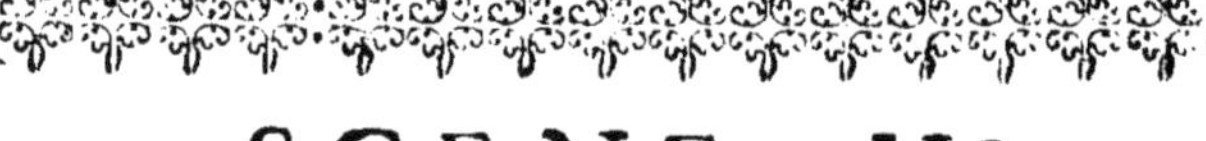

SCENE III.

THEODORE, LE ROY, Gardes, D. LOPE. ELISE, CYNTHIE, LVCIE.

D. LOPE continuë à Theodore.

A Dieu, de mon destin trop digne souueraine,
De ma temerité ie vay porter la peine;
On ne l'a pû souffrir, Madame, & mon orgueil
Me fait moins meriter voftre lit qu'vn cercueil;
Pour me perdre, il est vain de chercher d'autre crime,
Quand mon ambition rend ma mort legitime;
Et ie fus criminel si tost que ie vous vis,
Car mes iours à l'inftant vous furent asseruis;

Dés ce fatal moment ie ceday sans deffense
Au beau feu qui me brusle, & qui fait mon offense,
Ie conceus des pensers que ie deuois bannir,
Et sans autre pretexte, on eust pû m'en punir:
I'approuue que mon sang de ce crime me laue,
Mais au moins souffrés moy de mourir voftre efclaue,
Cent Rois pourroient pretendre à cette qualité,
Mais nul n'aura pour vous tant de fidelité,
Et iamais paßion auec tant de filence
N'exerça tant d'empire & tant de violence.

THEODORE.

Iufqu'ici ce grand cœur qui fort de voftre fang
A fatisfait mon fexe, & fouftenu mon rang,
Et contre les deuoirs que l'amour en exige
A fait tous les efforts où l'vn & l'autre oblige;
Non qu'il fut infenfible, belas! il a bruflé,
Il a conceu des vœux, mais il n'a point parlé,
Et par vn noble orgueil a trop long-temps remife
La declaration que vous m'auez permife:
Mais auiourd'huy, Seigneur, auiourd'huy que ie voy
Que la mort eft le prix de qui combat pour moy,
Cet orgueil me fied mal, & ie fuis vne ingrate
Si mon cœur ne s'explique, & mon amour n'éclate;
Ie le puis auoüer, vous me l'auez permis,
Dom Lope m'a vaincuë auec vos ennemis.

Par

Par le sang qu'il verssoit il allumoit ma flame,
Chacun de ses progrez l'auançoit en mon ame;
Mon estime en secret couronnoit ses combas,
Il accroissoit mes vœux accroissant vos Estats;
Et son dernier triomphe acheuant ma conqueste,
A la main d'vn Bourreau vous destinez sa teste.
Quelle equité, Seigneur, doit à vostre couroux
Le iour de mon hymen immoler mon Epoux?
Pour quel crime faut-il, & par quelle iustice
Que le iour d'vn triomphe vn Conquerant perisse?
Il n'examina pas à l'appel d'vn Riual
D'vn respect violé l'éuenement fatal:
Il n'a pû d'vn combat obseruer la deffence;
Et tout ce qu'il a fait perir par cette offence:
Ah! que ce coup, Seigneur, blessera vos Estats!
Que sa teste tombant fera tomber de bras!
Que sa mort seignera dans les plus grandes ames!
Et que de vous seruir elle étaindra les flames,
Si l'ardeur n'en produit qu'vn espoir si douteux!
Et l'ombre d'vne offence vn trespas si honteux!

LE ROY.

Ie dispense où ie dois & le prix & la peine;　(taine,
L'vn n'est iamais douteux, l'autre est tousiours cer-
Le supréme art des Rois & des Gouuernemens
Doit rouler sans gauchir sur ces deux fondemens,
Ie marche en tous les deux d'vne esgale iustice,

Et pour faire au loyer preceder le seruice,
Et payer les deuoirs rendus à mes Eſtats,
Ie veux que voſtre hymen precede ſon treſpas;
Mais qu'au moment auſſi de ce triſte hymenée,
Le glaiue qui l'attend tranche ſa Deſtinée.
Receuez-en la main, & par vn noble effort…

THEODORE luy prenant la main.

Ouy, ie la receuray pour le ſuiure à la mort,
Pour eſpouſer en luy quelque ſort qui luy vienne,
Pour porter au Bourreau ma teſte auec la ſienne,
Pour joindre vne innocente à ce cher criminel,
Et pour faire au tombeau noſtre hymen eternel.
Ouy, ie la reçoy, Sire, & ſi voſtre juſtice…

SCENE IV.

D. FERNAND, D. LOPE, LE ROY, THEODORE,
ELISE, CYNTHIE, LVCIE, GARDES.

D. FERNAND.

DE Dom Lope, Grand Roy, differez le ſuplice,
Mon Fils percé de coups aux abois de la mort
Pour le juſtifier fait vn dernier effort,
Et ne ſçauroit mourir auecque l'infamie
De laiſſer choir ſans crime vne teſte ennemie,

D. LOPE.

L'Etat luy doit vengeance, & pert par son trépas
Sa plus illustre épee, & son plus digne bras.

LE ROY.

Fatale authorité par tous deux violée,
Qu'auant leur crime, helas! ne t'ay-je dépoüillee?
L'éclat, & l'equité que tu dois conseruer
De deux si chers appuis se doiuent-ils priuer?
Ou pour les conseruer, s'ils ne t'ont épargnée
Auec impunité seras-tu dédaignee?

D. FERNAND.

Faites grace, grand Prince, à d'inuincibles bras
Que des siecles entiers ne vous produiront pas :
Si leur irreuerence a vos loix offensees
Ils les maintiendront plus qu'ils ne les ont blessees,
Si ie souhaite encor quelques iours à mon Fils,
C'est pour le voir mourir parmy vos ennemis,
Et de ces mesmes loix soustenant la deffense
Par vne belle mort reparer son offense.

LE ROY.

Demeure inébranlable, ô constante equité
Par qui mon nom est cher autant que redouté,
Ne souffre point de tache, & laisse à mes Prouinces
De si profonds respects aux ordres de leurs Princes,
Que tant que leur puissance establira des loix,
L'exemple d'auiourd'huy n'arriue qu'vne fois.

SCENE DERNIERE.

LE PRINCE, OCTAVE, LE ROY, GARDES,
THEODORE, ELISE, D. LOPE, D. FERNAND,
LVCIE, CYNTHIE.

LVCIE voyant venir le Prince.

AH! *Madame, le Prince en ſa iuſte colere*
Vient demãder au Roy la mort de voſtre Frere,
Et ſe pouuant ſur luy vanger auec eclat....

LE PRINCE.

Enfin ie ſors vainqueur d'vn ſi rude combat:
Sire, vn illuſtre effort qui me rend ma franchiſe
A deſtruit en mon cœur tout l'empire d'Eliſe;
D'vn genereux dedain i'ay vaincu ſes meſpris;
I'ay de ſa tyrannie affranchy mes eſpris,
Et viens ſolliciter la foy qui vous engage:
A la fin que i'obtiens d'vn ſi laſche ſeruage;
Vous m'en deuez le prix, vous me l'auez promis.

LE ROY.

Les Roys doiuent la foy méme à leurs ennemis;
Ouy, ie vous l'a doy, Prince, & ma propre couronne
Ne ſe diſpenſe pas du choix qu'elle vous donne;
De mes vieux ans encor i'immolerois le cours,
Pour vn repos ſi cher que celuy de vos iours.

LE PRINCE.

Mon ſouhait eſt plus iuſte, & ne veut pour ſalaire

De l'oubly de la Sœur que la teste du Frere.

LE ROY.

Ouy, son trespas est iuste, ouy, Gardes de ce pas...

LE PRINCE.

Ie demande sa teste, & non pas son trespas,
Ie demande, Seigneur, sa teste triomphante
Sous vn heureux hymen des baisers de l'Infante,
En qui vostre Couronne ayt vn illustre appuy,
Et vostre grace enfin pour Dom Sanche & pour luy.

D. LOPE.

O generosité qui n'eut iamais d'exemple !

D. FERNAND.

O du cœur d'vn grãd Prince epreuue la plus ample !

LE ROY.

Relasche, ma Vertu, d'vn pouuoir rigoureux
A la faueur d'vn Fils, & d'vn Fils genereux.
Le rang des criminels t'est vne douce amorce,
Trop seuere Equité suspens icy ta force,
Et laisse ta balance incliner vne fois
Plus deuers la douceur que la rigueur des loix.
Ouy, Prince, ie fais grace à deux cœurs inuincibles,

Que ie ne puis m'oster fans des douleurs fenfibles,
Et confirme l'arreft du lien eternel,
Qui met dans ma famille vn fi cher criminel ;
Vous aidez ma clemence, & malgré ma menace
Je fuis rauy, mon Fils, de vous deuoir leur grace,
Et vers ce cher pardon n'ofant fe relâcher
Mon cœur auec plaifir fe le voit arracher :
Puis qu'vn fi doux fuccez finit ces auantures
Qu'on veille fur Dõ Sanche, & foigne à fes bleffures,
De fa valeur, Fernand, conferuez-moy l'appuy,
Et mes foins veilleront, & pour vous, & pour luy.

D. FERNAND.

Si d'vn peril fi grand fon bonheur le deliure,
C'eft pour mourir pour vous qu'il tâchera de viure,
Et pour payer d'vn bras qu'vn feul Lope a dompté
La grace que i'obtiens de voftre Majefté.

LE PRINCE à Elife.

Et bien, inexorable, eftes-vous fatisfaite
De l'importunité dont ie vous ay defaite ?
Et le barbare effort que i'ay fait fur mon cœur
A-il quelque rapport auec voftre rigueur?
Ouy, par là feulement ce cœur vous pouuoit plaire,
Vous voyez auec ioye vne perte fi chere;
Mais exerçant fur moy cet effort rigoureux,

J'ay renoncé, barbare, à bien plus qu'à vos vœux,
D'vn succez malheureux mon transport me deliure,
Mais ie n'ay pas promis de me taire & de viure,
Mais ie n'ay pas promis de suruiure vn amour,
Sans qui ie l'ay l'éclat & du trône, & du iour:
Pour vous prouuer, ingratte, vne si belle flame,
Ie voudrois perdre plus que du sang, & qu'vne ame:
Quelque ferme dessein que i'en aye pû former
Rien ne peut m'obliger à viure sans l'aimer.

ELISE.

Cesse, vieil souuenir qu'vne iniure me laisse,
Ombre de Dom Louis, pardonne à ma foiblesse,
Laisse passer vn cœur trop constant & trop fier
Du tombeau qui t'enferme au sein de ton meurtrier:
I'ay tenu trop long-temps contre vn amour si rare,
Contre tant de bonté la constance est barbare;
Viuez Prince, viuez sous vn destin plus doux,
Ne mourés point pourmoy qui veux viure pour vo°:
Si le Roy, si l'Etat à vos vœux n'est contraire,
Vous acquerez la sœur en conseruant le Frere,
Et vous gaignez vn cœur que vostre authorité
Auec tout son éclat n'auroit iamais dompté.

LE PRINCE.
Vous, ma Princesse, vous, à mes vœux exorable!
La fortune à ce poinct m'est-elle fauorable?

Au Roy. *De Dom Lope en mon sang expiez le forfait,*
Ie ne puis plus, Seigneur, mourir que satisfait.

LE ROY.

Non, non, Prince, viués, vôtre amour a des charmes
Qui forcent tout obstacle & m'arrachent les armes.
Ie consens à vos vœux le prix qui leur est dû,
Et souscris à l'Arrest que vous auez rendu.
Perdre vn si noble sang que celuy de Cardone,
Seroit auec douleur affoiblir ma Couronne.
Theodore est à vous, donnez-moy des Neueux
A Dom *Dignes & d'vn Hymen & d'vn iour si fameux.*
Lope.

D. LOPE.

A quels perils, Grand Roy, puis je exposer ma vie
Où l'heur que ie reçoy ne soit digne d'enuie?
Et vous, Prince, quel sang apres tant de bontés,
Peut...

LE PRINCE.

I'ay moins fait pour vous que vous ne merités.

LE ROY.

O Ciel! dont les Decrets reglent nos Destinees,
Donne d'heureux succeʒ à ces deux Hymenées.

Fin du dernier Acte.